Éric Becquet

Mauvaise passe pour le 10

Du Noir au Sud
est une collection des Éditions Cairn
dirigée par Sylvie Marquez et G. D. Noguès

Du Noir au Sud est une collection de polars qui nous transporte dans le Sud, ses villes, ses villages, à la découverte des habitants, de leurs traditions, leurs secrets.
Son ambition : dessiner, au fil des ouvrages, un portrait d'ensemble de la région, noirci à coups de plumes tantôt historiques, ou humanistes, parfois teintées d'humour, mais où crimes et intrigues ont toujours le rôle principal.

Illustration de la couverture : © Djebel
Photos : 123RF © Jozef Polcl & Aleksej Zhagunovl

ISBN : 978-2-35068-358-4/ISSN : 2275-2331

Éric Becquet

Mauvaise passe pour le 10

cairn
éditions

À toi, papa.
Ludo, repose en paix.

Cet ouvrage est une fiction qui s'inspire parfois, librement, de quelques faits réels.

I

San Sebastian, la nuit

– *Te quiero, te amo cariño mío, i love you*, je t'aime.

Les murmures amoureux effleuraient sensuellement le creux d'une oreille. Enlacés, leurs corps nus et chauds, fenêtres ouvertes malgré l'automne installé, les deux amants s'émerveillaient d'un rien, s'illuminaient de tout, s'embrasaient, gémissant comme des loups. Le temps s'était arrêté dans cette chambre d'un appartement de la *calle 31 de Agosto*. Chaleur espagnole, amour en survol.

– Je ne pourrai plus jamais vivre sans voir briller tes yeux.

Sara souriait à cette évocation de Joshua. Elle plongeait son regard dans le sien. Le rayon lumineux venu de la rue éclairait le tiers de son visage, découvrait sa fossette et, plus bas, une partie de sa poitrine légère, fière et dénudée. Un petit vent échappé de la baie de la Concha pénétrait dans la pièce, soulevant légèrement les rideaux, faisant virevolter librement ses longs cheveux noirs. De ses deux mains, elle encadrait avec douceur le visage du jeune homme. De ses deux pouces, elle caressait ses pommettes saillantes.

– Tu rencontreras encore et encore des femmes, lança-t-elle d'un ton suave.

– *No.* Impossible. Je t'aime trop. Le visage de Joshua venait de se fermer.

– On se verra tant qu'on le pourra, ne t'inquiète pas, tentait-elle de rassurer.

– Je veux que tu sois ma femme. Je veux que tu me fasses des enfants. *I've got you under my skin*[1]. Des mauvaises scènes comme il s'est passé ce soir avec les autres, je n'en veux plus, tu comprends ? Et je veux te tirer des sales pattes d'Aitor.

Le jeune Irlandais était épris de la belle Espagnole. Du premier jour où il l'avait rencontrée, et ce même dans des conditions particulières. Il lui serrait les poignets et la dévorait des yeux. Ses yeux si noirs, si expressifs. Six mois déjà qu'il lui déclarait sa flamme. Pas une semaine sans la voir. Même les veilles de matches, pourtant si contrôlées, épiées, pour un footballeur professionnel comme Joshua McKinney.

– J'ai l'habitude mon beau Josh. Sois sans souci. Et Aitor ne me fera plus jamais aucun mal. C'est une promesse.

1- Je t'ai dans la peau

– Je ne supporte plus de les voir te toucher, de les voir te maltraiter.

Cette fois, la sensuelle amante, trentaine rugissante, venait de mettre son index sur la bouche de Joshua.

– Allonge-toi, commanda Sara.

L'homme s'exécuta. Sur le dos, il regardait sa muse approcher et se placer à califourchon sur son corps en tension. Les caresses de la dame et son mouvement de va-et-vient l'emmenèrent dans un extraordinaire râle irlandais. Au bout d'une éphémère satiété, Sara réveilla l'endormi d'un baiser.

– Tu dois rentrer.

– Laisse-moi rester cette nuit.

– Non, tu le sais bien. Bientôt.

Joshua se leva et enfila son jean et sa chemise. Il ne retrouvait pas ses chaussettes échappées sous le lit, ce qui lui rendit difficile d'enfiler les bottines en cuir estampillées *John Varvatos*. Après un petit coup de peigne, Joshua hésita, mais ouvrit son portefeuille. Il en tira deux billets de 500 euros.

– Tiens, c'est juste pour t'aider. Pour acheter quelque chose à ta fille. Moi j'en ai trop.

Sara fit les gros yeux.

– Tu sais très bien que ce temps que je passe avec toi n'a rien à voir avec mon métier. Garde ça. Elle repoussa doucement.

Joshua souriait. Il laissa les deux billets sur une commode. Il embrassa une dernière fois les lèvres de celle qu'il aurait voulue aussi vierge que la Madone. La porte se claqua derrière lui. Sara s'approcha de la fenêtre. Elle attendait de le voir partir. Une fois en bas, dans cette rue qui n'est jamais vraiment morte, Joshua se retourna et lui fit un signe de la main, qu'elle lui renvoya. Sara se figea devant la glace du lavabo de la salle de bain. Démaquillage rapide. Une perruque à enlever pour laisser apparaître un carré court de cheveux noirs. Puis, la jeune femme se jeta en arrière sur le lit. Elle regardait le faisceau de son radio-réveil projeté au plafond. 4h53. Tout en fermant les yeux, elle posa un casque audio sur ses oreilles, et lança depuis son smartphone le *Nessun dorma*[(2)], tiré de l'opéra Turandot, chanté par le ténor Catalan José Carreras. Elle adorait ce morceau qui l'emportait. L'histoire d'un prince inconnu et d'une princesse de glace.

2- Latin ; Que personne ne dorme

2

Bordeaux, vendredi d'octobre, 9 heures

La place de la Victoire fourmillait, comme chaque jour de la semaine. Les longs tramways vert et bleu saluaient à chacun de leurs passages les deux tortues de bronze plantées au centre de l'esplanade bien-nommée de gloire. La colonne de marbre à proximité, imaginée par un certain Ivan Theimer, se voyait irradiée par le soleil d'un été indien en sursis. Un cortège de quelques supporters, visiblement formé depuis la gare Saint-Jean, remontait, cahin-caha, le cours de la Marne. Certains torses nus, avec pour seuls oripeaux une écharpe brodée à leurs couleurs. Des gars qui chantent, décidés, et dans un accent prononcé : « si t'es fier d'être Lillois tape dans tes mains... ».

Le « lois » de Lillois raisonnait lourdement de leur intonation du Nord, comme ce vendredi rimait avec veille de match de championnat. Ligue 1 de football. Ce soir, c'était Bordeaux-Lille. La bande reprit en cœur, et s'enfonça dans la grande rue Sainte-Catherine. Leurs traces salissaient le béton par les verres débordant de houblon.

Pierre Perlon, homme aux épaules carrées, pour un bon mètre quatre-vingts, le cheveux noir et très court, grisonnant au-dessus des oreilles, venait de s'asseoir à la terrasse, encore active malgré le petit 14°, du bar restaurant le Plana. Un taxi venait de le déposer après l'avoir embarqué à l'aéroport de Bordeaux - Mérignac. Perlon sourit au passage bruyant des gaillards du Nord. Venu du bar, le grand serveur brun, plutôt beau gosse, esquissa lui aussi un rictus en l'abordant.

– Ça va être gavé ce soir le stade. Je ne voudrais pas voir l'état des supporters lillois avant le match... Café ?

– Non, chocolat. Un grand, s'il vous plaît. Et une tranche de pain si possible. Je crois bien qu'il y a un paquet de ces gars qui ne verront même pas le coup d'envoi, tellement ils seront cuits...

Pierre Perlon ramassa l'*Aquitaine Éclair* posé sur le guéridon d'à côté, où un pigeon venait picorer quelques restes d'un croissant. Il ouvrit le canard directement aux pages des sports. En ouverture, double page, grosse photo de l'époque où il était encore entraîneur du club de Bordeaux, et autour, une interview qu'il avait octroyée la veille par téléphone à une vieille connaissance. Le titre claquait. Évidemment. L'ancien entraîneur de Bordeaux attaqua la lecture.

INTERVIEW

Pierre Perlon : « Je ne pouvais pas fermer les yeux »

L'ancien entraîneur de Bordeaux, retiré du milieu du football depuis la mort de Michaël Ademoah(3) *il y a deux ans, revient pour la première fois, dans le Port de la Lune en tant que consultant TV, pour le match Bordeaux-Lille, ce soir à 19 heures.*

Propos recueillis par Mélissa Marchand

Vous avez disparu du sérail du football pendant pratiquement deux ans, pourquoi ?

Après la mort de Michaël Ademoah à Bordeaux, et les circonstances du drame, j'avais besoin de faire un break. *Je n'avais plus vraiment goût au métier d'entraîneur. Ni même tout simplement l'envie d'entendre parler foot. J'ai tout coupé pendant un an. Voyagé un peu. Et j'ai enfin pu profiter de mes enfants. N'est-ce pas l'essentiel ?*

Vous avez quand même essayé de revenir au bout d'un an, mais ça n'a pas abouti…

Exact. Ce sont justement mes deux garçons, Jarï et

3-Lire *Le 9 bordelais était chargé*

Pablo, devenus ados, qui m'y ont poussé. Ils jouent tous les deux au foot. Ils se demandaient pourquoi leur père n'était plus au bord des terrains.

Était-ce vraiment simplement pour vos enfants ? Ça ne vous manquait pas ?

Quand on a fait que jouer au foot ou entraîner des footballeurs toute sa vie, on a vite fait le tour des possibilités de boulot à quarante ans…

Que s'est-il passé ?

J'ai essayé de remettre un pied dans ce monde en proposant mes services comme entraîneur. Mais c'est un milieu où l'on est très vite oublié.

Ostracisé ?

J'ai effectivement ressenti que je n'étais plus forcément le bienvenu. On m'a mis dans les dents l'affaire Ademoah. Plusieurs fois. Le coach *qui ne soutient pas son président. Le* coach *qui balance. Gentiment, mais* grosso modo, *on m'a fait comprendre que tout n'était pas rose dans les clubs, comme si je ne le savais pas, et que certains dirigeants ne souhaitaient pas avoir des gens comme moi dans leur business.*

C'est-à-dire d'enrôler des gens trop honnêtes ?

(Silence). Je n'ai pas vocation à rendre la justice. Je souhaitais juste faire mon métier dans de bonnes conditions. Je n'ai pas choisi ce qui m'est arrivé à Bordeaux, mais je ne pouvais pas fermer les yeux. Vous non plus d'ailleurs (il sourit). Maintenant,

j'aimerais oublier tout ça. Passer à autre chose. Il y a beaucoup de gens honnêtes dans ce milieu, c'est avec eux que je souhaite travailler.

Vous en avez souffert de cette affaire ?

On souffre si on prend une balle injuste dans une salle de concert ou quand on apprend qu'on a le cancer. Pas pour des histoires de ballon. Mais j'ai été touché, oui, que certains supporters me menacent, qu'ils aient pu me juger et me reprocher de quitter le navire, sans vraiment connaître le fond de l'histoire et les nombreuses manipulations autour de la mort de Michaël Ademoah. Mais je vous rassure, je dors bien le soir. Il y a des gens qui m'aiment encore.

Ce nouveau rôle de consultant télé, c'est l'occasion de retrouver les terrains, sans la pression du résultat ?

C'est quelque chose de différent. Mais ça fait partie intégrante du football d'aujourd'hui. Une nouvelle alternative pour les anciens pros. Cette proposition m'a un peu surpris, je n'étais pas vraiment chaud, mais après quelques jours de réflexion, j'ai dit banco. On s'est mis d'accord sur le contrat et j'ai débuté il y a un mois.

Une nouvelle carrière qui débute, ou juste une parenthèse ?

On verra. Laissez-moi profiter un peu de la tribune de presse. Il paraît qu'on y mange et qu'on y boit bien (Il sourit). Les journalistes sont des bons-vivants non ?

Ce soir, pour la première fois depuis deux ans, vous allez remettre les pieds à Bordeaux, pour commenter ce Bordeaux – Lille. Vous n'avez pas d'appréhension ?

Non. Le fait que ce soit dans un nouveau stade, avec de nouveaux dirigeants, je n'ai pas de problème. Je n'ai jamais eu peur sur un terrain, ça ne commencera pas aujourd'hui. Et figurez-vous que j'ai pas mal de copains à voir.

Pierre Perlon reposa le journal et laissa quelques pièces dans la coupelle. Smartphone dans la main, il tapota un texto à Mélissa Marchand. Soudain souriant, il se mit à imaginer la belle jeune femme séduisante à l'autre bout de la ligne. Ses yeux vert jade, ses cheveux châtain foncé mi longs, bouclés, sa silhouette élancée et ses contours sensuels. Son arrogance délicieuse et son audace merveilleuse. Il avait désormais hâte de la revoir. Ses souvenirs étaient-ils fleuris par le temps ou, comme il le pensait vraiment, allait-il être une nouvelle fois chamboulé à son contact ?

Je n'ai pas l'impression d'avoir dit « je n'étais pas vraiment chaud » textota-t-il.

Dans la seconde, la réponse SMS fusa sans détour : *vs vlz réécouter la bande ; -) ?*

Perlon était moins rapide sur son clavier. Il s'y reprit à deux fois.

OK OK. Vous dîner où après le match ce soir ? Un bar/resto sur les quais, vers 23 heures ?

Le temps d'une dernière gorgée de café, le téléphone se mit à vibrer.

OK pour le rendez-vous. Mais je vous amène quartier Saint-Michel et Sainte-Croix. Chez Ta Mère.

??? répondit interloqué le *coach*.

Devant son clavier, Mélissa sourit.

Le bar s'appelle Chez Ta Mère. 12 rue Camille Sauvageau.

Perlon n'eut pas le temps de réagir. Nouveau double bip.

Prévoyez du temps, le tram ou un motard pour sortir du nouveau stade, c'est une horreur les embouteillages. Et ne me posez pas de lapin !

Le portable de Pierre Perlon émit un nouveau bip. La messagerie. Deux nouveaux messages datant de son vol Paris-Bordeaux du matin.

« Salut Pierre, c'est Steve Bolder. Pour le petit Jarï, c'est très chaud avec le club de Chelsea. Rappelle-moi ».

Puis, en anglais.

« C'est Kirstin. Je ne tiens plus ton fils, il est obsessionnel. Devenir pro. Devenir pro. Devenir pro. Tu as réussi ton coup. Tous ces gars qui lui tournent autour, ça lui monte à la tête. Je hais le foot, je te hais. Mais n'oublie pas… »

Perlon coupa avant d'entendre la suite. Il savait que son ex-femme lui réclamerait la pension alimentaire, qu'il lui versait pourtant chaque mois et dans les temps… Kirstin avait un petit côté obstiné pesant. Mais il l'avait pourtant aimée avec passion, avant qu'elle ne s'échappe.

***

Vendredi 16 heures. Rédaction du journal *Aquitaine Éclair*. Fil info de l'*Agence France Presse* (AFP) sur l'écran de la rédaction.

> URGENT
>
> [Meurtre] – [Hendaye] – [Bordeaux] - [Football]
>
> *Une prostituée espagnole a été retrouvée morte en fin de matinée dans un appartement de la ville frontalière d'Hendaye (Département 64). Selon les premiers éléments, la victime aurait été découverte gisant dans son lit, vidée de son sang. C'est une amie de la jeune femme décédée, qui avait gardé sa fille durant la nuit, qui a trouvé le corps « atrocement mutilé » et « partiellement brûlé » selon l'un des experts de la police judiciaire. L'amie et la fille de la prostituée sont en état de choc. Un ou plusieurs joueurs de football, clients avérés, ont été aperçus avec la victime en début de soirée ce jeudi soir à Bordeaux. La police ne stipule pas si ces derniers sont impliqués dans ce qui s'apparente à un assassinat.*

Dans son bureau de la rédaction du journal *Aquitaine Éclair*, Mélissa restait bouche-bée devant l'écran de son ordinateur. Tandis que sa main gauche écrasait en douceur le petit gobelet en plastique, son fond de café froid et sa touillette mâchouillée, pour constituer un nouveau chef-d'œuvre à collectionner sur son bureau en chantier, la main droite lâchait le crayon qui tournicotait compulsivement dans ses cheveux, pour se poser sur le combiné du téléphone. La dépêche de l'AFP qui venait de « tomber », allait non seulement la contraindre à revoir le contenu de son édition du lendemain, à alimenter en flux le site Internet du journal, mais elle résonnait surtout d'un écho malsain et d'une affaire promise à une projection nationale. Sans oublier qu'il fallait qu'elle parte couvrir le match du soir avec ses collègues. La curiosité et l'excitation grimpaient de plusieurs crans. La routine des avant matches en prenait un sérieux coup.

Mélissa composa les quatre chiffres de la ligne directe de Simon Labeyrie, le rédacteur en chef du journal. Elle n'eut pas le temps d'ouvrir la bouche.

– Je sais pourquoi tu m'appelles. J'ai lu. C'est moche. Mais si on est bons, demain, on vend 5 000 canards de plus. On va en faire l'ouverture et la Une. Si ton service et toi vous êtes efficaces et que tu nous patouilles une belle feuille Internet, on fait 30 000 clics dans l'heure.

– Je te fais quoi de plus, exactement, à part une belle merde pour les lecteurs psychopathes du net ?

– On laisse le papier principal de demain à Jean, aux faits divers. Il fera l'ouverture du journal. Tu cosignes avec tes infos, ou tu nous ponds un encadré. Mais surtout tu creuses pour savoir si les footeux impliqués sont des pros. Et tu fais un papier anglé là-dessus en sport. Il nous faut les noms pour demain. Tu laisses tomber le match, Fred et Kévin se débrouilleront. Et en tout cas tu me fais péter l'alerte actu pour Internet dans les cinq minutes. J'ai ton titre hein : « Des footballeurs pros impliqués dans le meurtre d'une prostituée ».

– Tu sais Simon que même une dépêche AFP ça se vérifie ? Tu sais aussi que ces mecs ont droit à la présomption d'innocence ?

– Balance, j'm'en fous de tes états d'âmes. Du clic, j'te dis ! Et là, on sera repris dans tous les médias nationaux. On boucle dans 5 heures, j'espère que tu ne pensais pas aller au ciné.

– Si. Je voulais voir « *Comment j'ai tué mon patron* ». Un bon film paraît-il, tiré d'une histoire vraie. J'avais match, pour de vrai, puis rencart. Mais ça attendra.

Mélissa, jean bleu, chemisier blanc échancré, se leva et se dirigea vers la machine à café. Elle croisa un collègue du service culture qui lança un regard furtif vers son décolleté généreux. La reporter plongea ses yeux verts dans ceux du maladroit pris en flagrant délit d'indélicatesse. Il lui glissa un bonjour tout aussi sibyllin, les yeux cette fois rivés sur ses pieds au plancher. Le temps que le café coule, Mélissa envoya des textos à plusieurs contacts. Au cas où certains avaient pu voir des footballeurs en virée la veille au soir…

Les réponses ne mirent pas longtemps à s'enchaîner.

3

Dans sa chambre cosy de l'hôtel de Sèze, dans le centre de Bordeaux, coincé entre les allées de Tourny et la place des Quinconces, vue sur le Grand Théâtre, Pierre s'était allongé quelques instants. Lecture des journaux sportifs et locaux, coups de marqueur fluo sur les mots clefs, zapping sur les chaînes de sport en continu, revue de presse Internet, petit passage par *Facebook* et *Twitter*. Les dernières infos du jour à collecter pour étoffer son commentaire à venir. Et puis, un brin de nombrilisme pour voir ce qui se disait sur son interview accordée à Mélissa Marchand. Les commentaires à ce sujet étaient très partagés. Il y a ceux qui le vénéraient encore, pour son passé de grand joueur à Paris, Milan, Barcelone et Munich, puis Bordeaux en fin de carrière où il devint entraîneur et où il réussit à gagner une coupe et accrocher des qualifications européennes. Et d'autres qui le blâmaient pour sa fin de contrat en queue de poisson, son départ précipité de Bordeaux après l'affaire liée au décès de Mickaël Ademoah. Le « savant », son surnom de *coach*, en référence à ses études en DESS de commerce international, était raillé. Certains préféraient le qualifier de « traître ».

Mais en feuilletant, zappant et cliquant, Perlon fut surtout submergé par cette nouvelle qui se répandait : une prostituée retrouvée assassinée et la responsabilité peut-être engagée de plusieurs footballeurs professionnels. Son regard se figea un instant sur les murs de la chambre. Pas par passion soudaine du papier peint fleuri et des rideaux assortis ; il se projetait : qu'avait-il bien pu se passer ?

Sur *Twitter*, des supporters annonçaient que l'ancien *coach* serait accueilli le soir au stade par une banderole dans le virage Sud, là où vibrent le chœur et le cœur des supporters. Perlon sourit. Il s'attendait au pire. Il avait beau être solide, les injures n'étaient jamais faciles à accepter. Surtout, il pensait à ses deux fils, devenus presque grands, qu'ils ne pouvaient plus si facilement épargner.

Tiré à 4 épingles dans un costard de la marque associée à la chaîne de télé, le néo consultant retrouva la petite équipe de *Sport One* dans le hall de l'hôtel. Geoffrey Moulis, le journaliste commentateur, crâne rasé pour cacher une calvitie installée, le visage arrondi par des années de cocktails et petits fours, mais le regard perçant et la bonhomie communicative, lui tapa l'accolade. Exceptionnellement, ils n'avaient pas pris le même avion. Quelques mots échangés, des pistes lancées pour le commentaire à venir. L'assistante, Céline Prévost, petit bout de femme énergique, lunettes de vue rondes, carré roux et maquillage ripolin, attendait les deux hommes autour d'un café et avec une feuille de route. Un résumé en partie logistique, un autre rassemblant les dernières infos et autres détails protocolaires du jour. Un paragraphe complet aussi référençant les données liées à la construction de ce nouveau stade. Le départ vers l'enceinte fût lancé vers 17 heures. Perlon au volant. Quais Louis XVIII et des Chartrons, Cours du Médoc et Balguerie-Stuttenberg, direction Bordeaux-Lac.

Peu avant le stade, Perlon vit sa photo et celles d'autres anciens joueurs en costards, placardée en grand sur un panneau d'affichage. La publicité vantait les mérites d'un abonnement à la chaîne *Sport One* et la qualité de *« ses spécialistes »*. Puis, au loin, phosphorant dans l'horizon bordelais, orné de centaines de poteaux métalliques blancs, un grand rectangle lumineux, posé au milieu d'anciens marécages. Le stade Bordeaux-Atlantique, ou « Matmut-Atlantique », *naming* publicitaire oblige, magnifique écrin de 42 000 places construit pour l'Euro 2016.

Une succession de lignes droites, de ronds-points, puis le parking dédié aux médias.

L'équipe de *Sport One* passa un dernier contrôle de badge à l'entrée presse, avant de pénétrer dans un long couloir blanc. Céline Prévost organisa une petite visite rapide. L'énorme salle de presse auditorium au rez-de-chaussée, les ascenseurs avec un 3e étage pour le bar des journalistes et le 4e pour la vaste tribune media. Mais avant de s'y lancer, Perlon savait qu'il y serait très sollicité. L'ancien *coach* souhaitait profiter d'un stade encore vide pour visiter la fameuse coursive circulaire, permettant de faire un tour complet à l'intérieur de l'enceinte et d'avoir une vision périphérique depuis les mains courantes.

Une fois le tour du château effectué, Perlon et Moulis descendirent vers l'accès terrain où ils retrouvèrent Céline, à la jonction terrain-vestiaires. Après un salut à tous les techniciens de la chaîne de télé, et un mini briefing, Perlon eut droit à plusieurs poignées de mains. Quelques salariés du club, dont l'intendant.

– Tu dois être content de bosser dans ce nouveau stade, il est magnifique ?

– Ben, je préférais Chaban-Delmas.

– Ben, comme tu dis, « Chaban » avait été inauguré en 1938, c'était bien de changer non ?

L'intendant n'eut qu'un sourire gêné à proposer à Perlon. Ce dernier avait les yeux constamment levés au ciel, vers la tribune de presse. Il la cherchait du regard.

Il fut l'heure de saluer quelques joueurs des deux équipes, Bordelais et Lillois, et de discuter un peu des états de forme des uns et des autres, avant de remonter. Chez les locaux, ils n'étaient déjà plus que sept joueurs à avoir été entraînés par Perlon. Les époques ne durent plus très longtemps. Les retrouvailles furent cordiales, sans plus. Le *coach* commentateur cherchait Eliott Marin, jeune défenseur latéral qu'il avait lancé en Ligue 1, en vain.

Geoffrey et Pierre remontèrent par l'ascenseur, où se trouvait un homme en jaune, pour la sécurité. Une fois en haut, Perlon fut appelé par quelques spectateurs en bordure de tribune de presse. Il se prêta aux jeux du selfie et des autographes. Il reconnut un responsable de la sécurité, avec qui il échangeait souvent durant son passage bordelais. Il adorait écouter les histoires de Jean-Michel. Un blagueur passionné, encyclopédie vivante du club. Ils s'accordèrent de la beauté du lieu.

– Tu savais que des supporters avaient lancé une pétition pour baptiser le stade Michael Ademoah ? lança Jean-Michel.

– Du tout. Ça aurait été un bel hommage, mais ça n'aurait pas rapporté beaucoup d'argent…

– Oui, c'est sûr, parce qu'il en a fallu du pognon pour fabriquer ce stade. Presque deux cents millions d'euros. 183 exactement, dont 75 millions de subventions. Même si certains élus qui étaient contre le projet évoquent 500 millions ! C'est comme pour une manif, il y a le chiffre de la police et celui des manifestants. On va couper la poire en deux ! Mais je te rassure, je n'ai pas été augmenté depuis ton époque…

Les deux hommes échangèrent un sourire. Perlon continuait à balayer la tribune des yeux. Toujours pas de Mélissa Marchand.

– En tout cas, il est vraiment réussi, commenta le *coach*. Et j'ai l'impression que tu n'as pas fini de m'en parler de ce stade. Perlon lui fit un clin d'œil.

– C'est vrai. Tiens, par exemple, tu sais pourquoi l'armature est métallique ? Pour une question de poids. C'est une zone marécageuse, il a fallu forer sur une profondeur de 22 mètres pour installer 945 pieux. Parce que le métal est plus léger que le béton, même s'il y a près de 12 000 tonnes de charpente métallique…

– Dis, tu n'as pas croisé Mélissa Marchand dans ce dédale ? Ça m'aurait fait plaisir de la voir.

– Toujours amoureux de la mignonne ? L'agent de sécurité affichait un large sourire.

– Mais alors pas du tout, je ne l'ai pas vue depuis deux ans.

Jean-Michel interpella un journaliste d'*Aquitaine Éclair*, qui lui expliqua qu'elle était bloquée au siège, pour boucler un article.

Perlon rejoignit Geoffrey aux pupitres. Trois téléviseurs de contrôle devant eux, avec différents angles de caméras, et des tribunes immenses en arrière-plan, pour une mosaïque de sièges gris clair et blanc. De chaque côté, un écran géant. Un éclairage puissant sur toute la périphérie, et des banderoles aux noms des kops de supporters, installées dans la tribune à droite, le fameux virage Sud.

Vint la première prise d'antenne. La présentation du match. À une heure du coup d'envoi, les journalistes purent obtenir la feuille de match, avec les compositions d'équipe. Un murmure ondula dans la tribune de presse. Les deux vedettes brésiliennes, Amidano et Paulo Baptista, ainsi que le jeune latéral gauche Eliott Marin n'étaient pas inscrits sur la feuille.

L'attachée de presse essuya un flot de questions.

– Ils sont malades, virus qui les clouent au lit.

– Quoi? Vous nous prenez vraiment pour des cons? Rétorqua un journaliste grisonnant à la carte de presse ancestrale.

Déjà les sites Internet des différents médias annonçaient les forfaits des trois joueurs. La twittosphère s'emballait. Perlon leva la tête: tous les journalistes de la tribune baissaient les yeux vers leurs smartphones ou leur PC. Il ne fallut pas longtemps pour que le fait divers du jour et l'absence des joueurs soient unis dans une association d'idées. Jusqu'au coup d'envoi, le sujet était sur toutes les lèvres. À l'antenne de *Sport One,* les commentateurs évoqueraient seulement trois forfaits surprenants.

Du virage Sud apparut une banderole déroulée par les supporters. Perlon eut une montée d'adrénaline.

« Repose en paix, Michaël Ademoah, reviens en paix, Pierre Perlon »

Geoffrey Moulis ne manqua pas de saluer l'initiative et de donner la parole à Pierre Perlon, ému, tandis que les caméras se braquaient sur la banderole puis sur le consultant.

Venu de sa droite, l'*ex-coach* bordelais entendit quand même un délicat « *Perlon, enculé*! » et quelques sifflets, rapidement couverts par une salve d'applaudissements. Le kop se mit à taper le rythme sur ses tambours. « Bordelais hey, Bordelais hey, Bordelais hey ! ». Sans plus jamais s'arrêter de chanter et de danser durant 1 h 30, faisant oublier une affluence décevante de 20 000 spectateurs. Les joueurs bordelais avaient facilité la fête en s'imposant largement 4 à 1. Malgré l'absence des stars brésiliennes.

4

Après avoir expédié ses derniers papiers, Mélissa avait replié très vite le PC portable et la tablette, pour les placer dans la besace en jean accrochée en bandoulière, qu'elle avait cousu elle-même avec quelques vieux pantalons. La reporter descendit à grands pas les escaliers du journal. Elle fit une halte aux toilettes dames, pour changer de chemisier et passer à un col blanc flanelle, sous une veste légère coupée en trois-quarts, couleur cognac. Être plus à son avantage valait bien la peine d'avoir un peu froid. Elle posa ses affaires en vrac dans l'Austin Mini Cooper, garée devant le journal, le long des quais et referma la voiture pour se déplacer à pied jusqu'au tramway le plus proche. Là, elle croisa quelques supporters sur le retour, dévorant sandwichs et hamburgers. Face à Mélissa, tenant la main d'un homme visiblement son père, une petite fille enrubannée dans une écharpe aux couleurs de Bordeaux lui fit un joli sourire. Une fois assise dans cette grande chenille verte, la reporter sortit de son sac un rouge à lèvres et une petite glace. Elle s'appliqua à mettre en valeur ses lèvres pulpeuses, passant la langue sur le tout pour affiner le tour. Un coup de brosse pour ses cheveux bruns ondulés, et une dose de mascara noir sur les cils, pas plus, pour faire ressortir le vert de ses yeux. Dans la rame de tramway, la gamine du quai s'amusait à l'imiter. Elle passait son doigt sur ses lèvres, sa main dans ses cheveux.

Smartphone en main, Mélissa envoya un texto à Perlon.

– Là d'ici un quart d'heure. Dans le tram.

Un bip retentit quelques secondes plus tard.

– OK, bientôt sur zone.

***

Perlon quitta l'enceinte du stade et les équipes de télévision après un dernier débrief à l'antenne, un *flash-back* technico-tactique, l'analyse du pourquoi comment une équipe était d'un coup, triomphante, l'autre, décevante. Geoffrey devait rester pour envoyer un résumé à diffusion dans l'émission à suivre. Il indiqua à Perlon qu'il rentrerait sans problème avec les cameramen.

Dans l'Audi break de location, les *Red Hot Chili Peppers* comme compagnons musicaux, le *coach* s'était extirpé sans mal des rues entourant le stade. Il lui avait pourtant été prédit l'enfer des bouchons. La faible affluence sûrement, ou un aménagement. Il fonçait vers le quartier Saint-Michel et la rue Camille-Sauvageau où se trouvait l'établissement *Chez Ta Mère*. Après avoir tourné plusieurs minutes pour garer la voiture, Perlon se décida à stationner dans le parking du marché des Capucins. En sortant, il reçut plusieurs notifications sur son smartphone. Des textos de félicitations, et surtout ceux de Jaï et Pablo. « Fiers » de leur papa.

Il était à une dizaine de minutes à pied, traversant la rue Clare, la place du Maucaillou, puis la rue Planterose. Quelques pas avant la Basilique Saint-Michel, il tourna à droite sur la rue Camille-Sauvageau. Le lieu était animé. Quartier cosmopolite. Quelques tables et chaises en formica étaient placées devant l'établissement, sur les pavés. De nombreux clients fumaient dehors, verre à la main. Sur un tableau accroché à la façade, inscrit à la craie: *n'oubliez pas le loto bingo demain soir*.

Perlon essaya de se faufiler à l'intérieur. Petits carreaux jaune moutarde au sol, ventilateur en plastique dans un coin, papier peint vintage, Mickey et Minnie en peluche dans une chaise bébé. Le *coach* eut un petit sourire et se dit que ça ressemblait bien au monde de Mélissa. Il commanda une bière au bar, à une grande serveuse aux cheveux longs et noirs. Trois gars assis à une table le dévisageaient, l'un d'eux murmurant. « Ce n'est pas Perlon ça? Qu'est-ce qu'il a changé non? »

C'est à la fin de la deuxième pression qu'il vit arriver Mélissa. La jeune femme embrassa plusieurs personnes assises autour d'une table dehors, puis un groupe de quelques fumeurs plus loin. Elle jeta un œil à l'intérieur et fit un petit coucou à Perlon qui ne la quittait pas des yeux.

S'ils s'étaient appelés quelques fois, ils ne s'étaient pas revus depuis près de deux ans. Au moment de se dire bonjour, Mélissa rougit, et regarda ses pieds. Perlon semblait lui aussi gêné. L'embrassade fut maladroite. Quand Mélissa ouvrit son blouson, Perlon reçu un effluve de Lolita Lempicka. Le magnifique chemisier blanc transparent laissait apparaître les contours d'un bustier blanc épousant la courbe de seins généreux. Perlon se rendit compte qu'il venait de fixer la poitrine de Mélissa durant un quart de seconde. Il annonça très vite.

– Toujours le même parfum ?

– Oui. Elle eut un petit sourire embarrassé.

– C'est la deuxième fois de la journée.

– Que ?

– Qu'un homme se perd sur ma poitrine.

Il manqua s'étouffer sur son verre. La mousse de la bière lui entourait les lèvres.

– Qu'est-ce que vous prenez ? se reprit-il.

– Toujours un Martini. Ça non plus, ça n'a pas changé.

– Votre sourire et sa fossette, ça non plus ça n'a pas changé, souffla Perlon.

Ils se regardèrent en souriant. Le *coach* se sentait l'obligation de meubler.

– Vous avez appris pour les footeux impliqués dans cette sale histoire de meurtre ? lança Mélissa.

– J'ai vu ça. Ça fait déjà les choux gras du net. Une prostituée retrouvée morte et des joueurs de Bordeaux vus avec elle la veille au soir… Vous avez autre chose que des rumeurs ?

– La prostituée, on n'a pas encore son identité. Il y a des joueurs bordelais, oui, et ça ne va pas vous faire plaisir, il doit y avoir le jeune Eliott Marin, à qui vous aviez fait confiance il y a deux ans. J'ai appris aussi qu'il y avait un joueur d'une autre équipe. Je ne sais pas qui, je ne suis pas sûre que ce soit un pro.

– Merde. C'est confirmé alors. J'ai lu ça tout à l'heure sur les réseaux sociaux. Et au dernier moment, Eliott a disparu de la feuille de match. Pour cause de gastro selon la version officielle du club…. Je ne l'imagine pas un seul instant faire du mal à une femme celui-là. Et il n'y avait pas que lui. Les deux Brésiliens n'étaient pas de la partie. Même syndrome épidémique…

– Ils pourraient donc être les comparses voire même les leaders. D'après ce que j'ai compris, Eliott Marin était un habitué des relations tarifées. Avec d'autres coéquipiers. C'est la seule chose que je sais de plus, grâce à un retour d'un de mes contacts au club. Par contre, il est de notoriété publique que les deux Brésiliens sont des fêtards.

– Vous avez toujours une ou plusieurs taupes au club ? lança Perlon. C'est incroyable comme les gens de ce milieu ne peuvent pas tenir leur langue.

– Si on parlait d'autres choses ? Comment allez-vous depuis tout ce temps ?

– Pas mal. Mieux en fait. J'arrive à voir mes gamins, passer du temps avec eux et c'est précieux.

– Comment vont-ils ?

– Jarï a l'âge de choisir, et il vient me voir presque une semaine sur deux. Kirstin, sa mère, s'est installée à Paris. Ça facilite les choses. Pablo, ça reste toujours difficile. Il est à Barcelone chez sa mère Dolorès, ma seconde femme, avec qui je ne peux plus parler sans risquer de me faire écharper.

– Et la vie à Issy-les-Moulineaux ?

– Pratique, pas loin de la chaîne. Mais j'ai gardé l'appartement quai des Chartrons à Bordeaux, je le loue. Et vous, toujours installée place Camille-Julian ?

– Non. Je ne pouvais plus rester là-bas, dans cet appart où j'ai été agressée par ce sale type. C'était impossible. Je revois encore la lame de son couteau. Il y a même tué mon chat. J'ai jeté beaucoup de mes objets. Pourtant, j'adorais le quartier, j'y fais encore quelques soirées, mais je me suis décalée chez les néo bobos. J'ai acheté une échoppe, une de ces petites maisons typiques du Bordelais, très coquette et récemment rénovée, au cœur du quartier Bacalan, rue Anne-Franck, à proximité du Pont d'Aquitaine.

– Et toujours pas d'enfants ? Perlon esquissa un large sourire.

– J'ai que ça à faire… Je me vois bien tiens, changer les couches et donner le sein. Beurk. Sérieusement, je n'ai que 28 ans Pierre, j'ai le temps. Et pour faire des enfants, il faut avoir un bon mari, comme aurait dit ma très chère maman. Si elle était encore de ce monde elle me prendrait la tête avec ça. Pour ce qui est d'un éventuel père, si possible pas un type qui va se barrer en courant et vous laisser le gosse sur les bras au bout de deux mois.

– Je la prends pour moi celle-là … Perlon avait levé les sourcils.

– Ah non. Je ne dis pas du tout ça parce que vous avez divorcé deux fois…

Temps mort. Perlon commanda deux nouveaux verres, pendant qu'un copain de Mélissa vint la saluer. Puis un second. Qui lui demanda « Tu sors après ? ». Elle répondit « Je ne sais pas encore ».

Perlon passa le verre commandé à Mélissa, montrant aux deux interlocuteurs de la journaliste qu'il était là. Les deux hommes s'excusèrent de ne pas l'avoir salué. À son regard, ils comprirent dans l'instant qu'ils étaient de trop. Ils s'éclipsèrent. Le bar restaurant se remplissait d'une population éclectique. L'ambiance était joyeuse et colorée.

– Mélissa, vous n'aviez pas des envies de presse parisienne ?

– Oui, j'ai eu des opportunités. On m'a proposé une chaîne d'info en continu. Mais envoyée spéciale devant des immeubles, à faire la potiche pour brasser du vent, ça me plaît moyen.

– Vous ne voulez pas que je parle de vous chez *Sport One* ? Les gars sont sympas. Ils cherchent du monde je crois.

– S'il y a que des beaux gars… dit-elle avec un petit sourire en coin.

– Façon de parler, l'équipe est sympa.

– Pourquoi pas. Le souci aujourd'hui, c'est de quitter cet environnement. Le Bassin d'Arcachon pas loin, le Pays basque à portée.

Mélissa venait de vider son deuxième verre.

– Mais les vols Bordeaux - Paris, c'est moins d'une heure. Vous pourriez bosser à Paname tout en rentrant régulièrement ici. À votre âge et avec votre talent, c'est du gâchis.

Mélissa fronça les sourcils.

– Parce que si on vit et qu'on travaille ici, c'est qu'on est nulle et sans talent ?

– On ne peut rien vous dire sans que vous interprétiez.

– Je vous rappelle qu'il y a deux ans dans l'affaire Ademoah, vous me traitiez d'emmerdeuse, de fouille merde.

– Et bien je confirme. Mais une jolie et talentueuse emmerdeuse.

– Vous ne m'aurez pas ce soir Pierre.

– Pardon ?

– On ne s'est pas vu depuis deux ans, et vous essayez de me draguer en me faisant des compliments à deux balles. Et puis je suis sûre que vous reprenez l'avion demain matin. Pierre Perlon va de nouveau s'envoler.

– Ah mais je ne vous drague pas du tout. Ça me fait juste plaisir de vous voir et de partager un moment avec vous.

– Ah bien, c'est dommage.

Mélissa eut un sourire espiègle. Elle planta son regard dans les yeux bleus gris clair de Perlon. Le *coach* ne savait plus quoi dire. La jeune femme salua un groupe qui venait d'arriver à l'extérieur.

– Commandez une autre tournée. Je reviens de suite.

Au bout d'une dizaine de minutes, et après avoir ruminé au moins neuf minutes, Perlon mit sa veste et quitta le bar. À l'extérieur, il vint saluer Mélissa.

– Je vous laisse, je suis crevé, et comme vous vous en doutez, je prends l'avion demain matin. Je vais à Londres, j'y retrouve mon fils Jarï.

– Attendez un peu, Pierre, je vous taquinais.

– Ça ne sert à rien, je ne vous aurai pas ce soir, vous me l'avez dit. Maintenant qu'on est cash tous les deux. Je n'étais simplement pas habitué. Quand on vieillit, on manque de temps pour jouer au chat et à la souris, si belle soit-elle.

Le groupe autour se regarda en gloussant. Perlon tourna les talons, n'écoutant pas la dernière supplique. Direction le parking, la voiture, puis l'hôtel.

5

Samedi, 7h30.

Perlon fut réveillé par le bip de son smartphone. Un sms. Un numéro non répertorié.

Coach, ça craint. Je ne l'ai pas tuée, je vous jure. Bull shit! Need you

Joshua.

L'entraîneur rappela aussitôt. La sonnerie à l'autre côté du fil était significative d'une personne basée à l'étranger. Joshua devait être en Espagne, à San Sebastian sûrement, la ville de son club, pensa Perlon. Pas de réponse. Répondeur.

Pierre était inquiet. Ce gamin auquel il était très attaché déclenchait la sonnette d'alarme. Besoin urgent de son aide. Il le croyait, sans aucune réserve. Le môme candide qu'il avait laissé il y a deux ans ne pouvait pas avoir commis ce crime horrible.

Le *coach* se mit en route. Petit déjeuner traditionnel, sans oublier son chocolat chaud et les biscottes, sur fond de radio, puis cinq minutes d'exercices physiques, durant lesquelles il pensait aux moments passés avec Joshua McKinney. Puis la douche, le rasage de près et le costard sur mesure. Aujourd'hui, Perlon retrouvait son fils Jaï à Londres, avec l'agent et compère Steve Bolder. Visite officielle au centre de formation des « Artilleurs », club professionnel de première ligue anglaise. Le fiston avait tapé dans l'œil de plusieurs recruteurs ou scouts, comme on les nomme outre-manche.

Au moment de rassembler les dernières affaires, un nouveau coup de fil. Numéro masqué. Pierre Perlon hésita mais répondit. Peut-être le centre de formation. Ou une de ses deux ex-femmes, Kirstin ou Dolores, lui réclamant une rallonge de pension.

– Mister Perlon ?

– Yes.

– Suzan McKinney.

Au bout du fil, la mère de Joshua. Pierre Perlon maîtrisait parfaitement l'anglais et il accepta la conversation dans la langue britannique.

– Vous savez pourquoi je vous appelle ?

– Malheureusement, oui.

– Mon fils est innocent.

– Je voudrais bien le croire. Mais ça n'a pas l'air. Tout l'accable. Et il se cache, c'est le pire.

– C'est vous qui l'avez fait venir en France monsieur Perlon, à Bordeaux, il y a deux ans. Je vous rappelle qu'à l'époque il aurait pu signer avec les Bleus de Londres. Et c'est encore vous qui l'avez laissé tomber. Vous aviez promis de vous occuper de lui. Il a de très mauvaises fréquentations.

– Je ne suis pas son père, encore moins sa mère et je crois que jusqu'à présent, son parcours de footballeur était sur une très bonne voie. Il a obtenu les salaires que vous vouliez. Il a fait le grand saut en étant transféré de Bordeaux à San Sebastian, et il a été sérieusement réévalué financièrement. Et il a des agents de grands clubs espagnols qui gravitent autour de lui, il me semble.

– À l'époque, vous étiez bien heureux qu'il débarque dans votre club pour vous aider à gagner !

– Est-il vraiment raisonnable que nous poursuivions cette conversation ?

Après un blanc de cinq secondes, Suzan McKinney reprit, avec son accent irlandais prononcé.

– Désolée, je ne vous appelle pas pour que nous nous disputions. Vraiment, veuillez m'excuser. J'ai besoin d'aide. Je suis persuadée de l'innocence de mon fils. Je ne veux pas qu'il se retrouve en prison, à 20 ans.

– Je sais que c'est un gentil garçon madame. Mais je sais aussi que toutes les preuves contre lui sont accablantes.

– Nous viendrons en France avec sa grande sœur Lindsley dans les jours à venir, mais en attendant pourriez-vous vous occuper de lui ? Le soutenir ?

– Vous imaginez bien que je peux être assimilé à un complice si je l'aide.

– Il n'est pas coupable.

– Vous savez où il se trouve ?

– Oui.

– Il devrait se rendre à la police. Ils ne vont pas tarder à le retrouver. Ce serait mieux pour lui qu'il se rende. Qu'il s'explique. S'il n'est pas coupable, la police le libèrera très vite.

– Pour qu'il croupisse dans vos geôles pourries ne serait-ce que 48 heures, c'est trop. Non. Il a confiance en vous. Aidez-le, par Jésus Christ.

– Comment je peux le trouver ?

– Pas par téléphone. Son frère Bud vous contactera. Je vous ai fait confiance il y a deux ans. Ne nous trahissez pas.

– Je n'ai jamais trahi personne.

Perlon raccrocha. Il faillit envoyer un texto à Mélissa Marchand. Mais finalement il s'abstint.

***

9 heures.

Mélissa se prélassait encore dans sa couette. L'insomnie s'était invitée la veille. Difficile de fermer les yeux après une journée de boulot intense et cette soirée ratée avec Perlon. Et puis, elle avait continué à boire avec les copains du soir, certainement trop. Elle mit un temps fou à se lever. Elle s'étira de tout son long, posa un premier pied au sol. Puis deux. Il fallut enjamber les fringues dispersées sur le plancher. Face à la glace de son armoire, debout et complètement nue, l'avant-bras collé à sa poitrine, Mélissa se tourna de biais pour regarder ses fesses. Elle cherchait en vain la cellulite. *Putain, je grossis quand même à vue d'œil*, marmonna-t-elle. *Faut que j'arrête de picoler*.

Rien que d'appuyer sur le bouton de la machine expresso fut une épreuve. Elle avait cette fois la certitude qu'elle avait dû boire un peu trop. Sur la cafetière, un *post-it*, rédigé la veille en rentrant, dans un dernier éclair de lucidité.

Rappeler Jean-Michel Rastan.
Autopsie.
Tu t'es vue quand t'as bu.

Elle venait de se rappeler qu'elle avait elle-même inscrit cette phrase avant de se coucher. Elle se rappelait aussi son franc-parler la veille, qui avait fait fuir Perlon. Elle n'était pas très fière. Mais elle réussit à se convaincre qu'elle avait eu raison, après tout. Qu'il devait se dévoiler.

Mélissa souhaitait participer à l'autopsie de Sara Lopez Irazabal. Le professeur Jean-Michel Rastan qu'elle connaissait bien, réticent au départ, finit par accepter. La négociation pour que Mélissa puisse assister au rituel macabre avait porté autour d'un stage au journal pour le fils du docteur. Ce n'était pas le jour pour batailler, la reporter avait rapidement dit oui, tout comme le doc. Le rendez-vous avait été donné au mardi suivant, 9 heures, à l'institut médico-légal de Bordeaux. Les autopsies du Sud-Ouest se pratiquant dans la préfecture girondine, régionalisation et économies d'échelle obligent, le corps allait être rapatrié durant le week-end. Mélissa savait que cette autopsie s'écartait de son champ d'intervention du service des sports. Mais elle négocierait avec Simon Labeyrie. Et puis, elle n'avait pas l'intention de rester au service des sports dix ans de plus.

Elle se replongea un moment sous la couette, après avoir avalé un Doliprane. La télé allumée et branchée sur *Netflix*, et un flot de séries à gober, tout en surfant sur son smartphone. Sur son compte *Facebook*, elle afficha un statut « Ne pas déranger, j'hiberne ». Ses nombreux « amis » ne manquèrent pas de chambrer la jeune femme par commentaires interposés, sur une cuite prise la veille. Mélissa composa au moins cinq sms différents, voulant s'excuser de son comportement de la veille auprès de Pierre Perlon. Mais elle ne put en envoyer un seul. Pas vraiment courageuse. Sur le moteur de recherche *Google*, elle tapa le nom de l'ancien *coach*, pour regarder ses photos.

Il est quand même pas mal ce con, lâcha-t-elle dans un dernier monologue. Mélissa remonta la couette sur son corps, glissa ses mains entre ses cuisses avant de refermer tranquillement les yeux et de s'endormir en poussant un petit râle de plaisir.

6

Londres, samedi 13 heures (heure locale, 14 heures à Paris)

Le vol Bordeaux - London Gatwick, via une compagnie *low-cost*, s'était déroulé dans de bonnes conditions, mises à part les quelques habituelles minutes de retard. Pierre Perlon avait parcouru les tabloïds anglais sur son IPad. Il avait pris soin de les télécharger avant le départ pour se mettre à la page des derniers résultats du championnat anglais. Il devait retrouver Jarï et Steve Bolder, son agent, directement au centre de Londres. Perlon était ravi à l'idée de voir son fils. Durant très longtemps, après le divorce d'avec Kirstin, la mère de Jarï, et tant qu'il était joueur professionnel puis entraîneur, il n'avait que très rarement vu son fils. Des créneaux qui se confinaient aux vacances scolaires et le reste du temps via Internet et la webcam. Le gamin l'idolâtrait plus pour son passé de footballeur, que comme père. Depuis deux ans et la nouvelle vie de Perlon, le père et son garçon s'étaient vus beaucoup plus. La relation s'était rééquilibrée. Le fait que son ex se soit également installée à Paris avait facilité les choses, et il passait donc régulièrement de longs séjours chez son père. Ce dernier avait réussi à réunir plusieurs fois ses deux fils, Jarï et Pablo. Les deux demi-frères se voyaient très peu, se ressemblaient peu, ayant pris chacun les peaux et les chevelures respectives de leurs mères, Kirstin et Dolores, teint blanc laiteux et cheveux blonds presque platine pour Jarï, teint mat et tignasse d'un noir brillant pour Pablo. Mais ils avaient tous les deux la même passion que leur père : le foot. Et ses yeux clairs perçants. Les gamins, malgré l'écart d'âge de 5 ans, s'entendaient très bien.

Les retrouvailles se firent du côté de Westminster. Il était question de déjeuner ensemble et de se balader une petite heure avant d'aller jusqu'au centre de formation. Père et fils se donnèrent l'accolade, le débonnaire rouquin Steve Bolder eut un large sourire. Puis il salua Perlon chaleureusement. Les deux hommes s'appréciaient sincèrement. Bolder était d'ailleurs le seul agent en qui Pierre avait confiance. Durant sa carrière, Perlon n'eut jamais de représentant. Mais le football moderne, la multiplication des sollicitations de tous genres, et enfin la relation saine avec Bolder avait fini par le convaincre qu'ils ne seraient pas trop de deux pour gérer la carrière du fiston, si jamais carrière il devait y avoir.

Après un déjeuner au réputé Jamie's Italian, un petit tour sur le pont Westminster face à l'Abbaye éponyme, un coup d'œil vertigineux à Big Ben, à la Tamise et à la grande roue -The London Eye-, les trois hommes prirent un taxi – *a black cab* – pour Shenley, village dans le nord de Londres, à proximité de Watford. Une cinquantaine de minutes de route. Le temps pour Steve Bolder de *briefer* la famille Perlon. Ne pas vexer le directeur du centre de formation, « l'Academy », en faisant des réponses trop sèches, bien acquiescer lorsqu'il ferait son laïus sur la discipline, bref, l'écouter, parce qu'il aime ça. Dans ces conditions, tout irait bien. Bolder avait demandé à Jaï de se couper les cheveux courts la veille, ce que le fils avait fait non sans rechigner. Fini le rasé sur un côté et la mèche rebelle sur le dessus. Tout court, comme le père. Pierre Perlon venait de le réaliser, se rattrapant par un « tu es beau, mon fils ». Le fiston eut pour réponse un sourire en biais et un pouce vers le bas.

– Tu as vu au fait, Pierre ?

– Quoi, pour McKinney ?

– Non, pour le capitaine de l'équipe de Derry, retrouvé mort dimanche dans son lit, 24 heures après avoir joué un match complet. Mort à 27 ans… ça ne te rappelle rien ?

– Mouais, pas de bons souvenirs. Et on ne saura jamais de quoi il est mort ce brave capitaine pourtant en pleine forme…

– Qu'est-ce qu'il se passe pour Joshua ?

– Il est dans de sales draps. Une prostituée a été retrouvée morte, un carnage, et il a passé une partie de la soirée avec elle et d'autres joueurs, la veille.

– Il est incapable d'avoir fait un truc comme ça…

– On est d'accord. Il doit y avoir une explication rationnelle. Il m'a envoyé un message, mais impossible de le joindre. La mère veut que je l'aide. Elle sait où il est, elle veut que je passe par son frère, Bud.

– Bud ? Tiens, bizarre. Aux dernières nouvelles que j'ai eues de Joshua, le gros Bud est rentré en Irlande avec ses tatouages et ses dents cariées. Son frère n'en pouvait plus de lui. Toujours à picoler, à traîner dans les bars et les bordels. À l'origine de plusieurs bagarres si j'ai bien compris. Je crois qu'il commençait à avoir honte de son frangin. Il a voulu lui couper les vivres, ça s'est mal passé. Il m'a bien confirmé qu'il l'avait renvoyé. Mon dernier coup de fil, ça devait être il y a trois semaines…

– Bizarre. Tu crois que la mère ne serait pas au courant ? Il n'est peut-être pas rentré. On verra, j'essaierai de l'appeler à mon retour.

Jaï avait mis les écouteurs sur les oreilles. Son regard scrutait l'extérieur, dans ce défilement de petites maisons de briques rouges.

Arrivé à l'Academy, les trois hommes furent accueillis par une secrétaire avenante. Elle leur proposa une visite rapide du domaine. Un ensemble sur près de 60 hectares. Dix terrains de football en tout, dont quatre en pelouse synthétique, et six en herbe dont deux pouvant être chauffés en cas de gel. Parce que les entraînements « à moins quelque chose » étaient courants, annonça la dame. Ce qui fit tordre le nez à Jarï. Un gymnase abritait également un demi-terrain en pelouse artificielle. Une partie du site était en travaux. Pour une nouvelle salle de sport, à venir, une piste de course de 40 mètres, des bains de glace, un spa, une chambre de cryothérapie ou encore une salle à la pointe de la technologie pour l'analyse de données statistiques.

– Ah quand même, lança Perlon, en regardant Bolder.

Le groupe entra dans le bâtiment principal. Disséminés un peu partout sur les murs à l'intérieur, des portraits de joueurs ayant porté ou portant toujours le maillot de leur équipe. De nombreux trophées chez les jeunes en Premier *Academy League* ou *FA Youth Cup*. Le trio fut enfin face au bureau du directeur du centre de formation, Matthew Borley. Il les fit entrer.

Borley était un ancien joueur professionnel ayant fait toute sa carrière au club. L'homme abordait la cinquantaine. Assez grand et fin. Il parlait beaucoup avec les mains. Plus jeune de dix ans, Perlon ne l'avait jamais croisé sur le terrain, mais se souvenait de ce joueur réputé modèle. Et plutôt rude, comme lui.

– Avant de débuter la visite, monsieur Perlon, je voulais faire un point avec vous. Ici, nous avons un protocole strict, avec un couvre-feu et des règles de vie incontournables : les stagiaires doivent respecter la discipline, avoir une hygiène irréprochable, une tenue et un code vestimentaire qui ne correspondent certainement pas aux standards des footballeurs professionnels. Ici, cheveux courts, rasage, aucun bijou. Dans certaines pièces, les chaussures sont interdites sans protection. Concernant les smartphones, ils ne sont autorisés que durant deux créneaux : au lever, de 7 heures à 7 h 30, puis en fin de journée après les cours et entraînements, de 19 heures à 20 heures. Ensuite, les surveillants veillent à ce que tous les téléphones soient posés dans une boîte. Et j'en appelle notamment à la responsabilité des parents : ne les aidez pas à s'en fournir un second qui serait utilisé en cachette. À la moindre incartade, et quel que soit le niveau, si l'élève enfreint nos lois, c'est l'exclusion.

Perlon eut un léger sourire, tandis que son fiston grimaçait.

– Tu peux encore faire demi-tour, souligna le père malicieux.

En guise de réponse, Perlon eut de son fils une grimace de dépit.

– Ici, monsieur Perlon, nous ne formons pas que des footballeurs. Nous fournissons toutes les clefs à nos stagiaires pour qu'ils puissent trouver un autre métier. Parce que je vous rappelle que seulement un joueur sur cinq signe un contrat professionnel. Même si nous avons un des meilleurs ratios d'Europe et que nous sommes le club qui lance le plus de joueurs issus de sa formation dans son équipe première. Les autres jeunes font pour la plupart de bonnes carrières dans des divisions inférieures, mais sans diplôme, ils ne s'en sortiraient pas. À 35 ans, ils sont laissés pour compte.

– C'est pour ça que nous souhaitons que Jaï rejoigne votre centre, monsieur Borley, souligna l'agent du fils.

– Nos critères : technique de jeu, intelligence de jeu, et surtout éthique et personnalité du joueur. Je crois que c'est sur ce point que nous nous attarderons avec Jaï. Nous connaissons le tempérament de votre fils.

– Ce n'est pas un voyou, tenta Perlon.

L'Anglais restait imperturbable.

– Nous le savons, sinon vous ne seriez pas ici. Mais il faudra que ce tempérament disons, flamboyant, soit au service du collectif. Comme vous avez pu l'être quand vous étiez joueur. Enfin, nous faisons également attention à ce que le niveau scolaire soit correct. Toujours dans le but d'aider et de rendre la fin du rêve moins brutale. Jaï a comme vous de larges connaissances linguistiques, mais si on en croit ses bulletins, il est plus limité dans les sciences et les mathématiques. Nous lui donnerons un niveau scolaire convenable. C'est très important, autant, voire plus, que de réussir un passement de jambes. Pour ma part, je n'en ai d'ailleurs jamais réussi un, de passement de jambes.

– Je vous rassure, moi non plus, rétorqua Perlon. Les deux hommes eurent un sourire complice. Mais je n'ai jamais été bon en maths non plus, et j'ai pourtant connu une bonne petite carrière professionnelle.

– Comme je vous le disais tout à l'heure, c'est surtout pour ceux qui ne signeront pas pro. Et ils sont nombreux.

Les trois hommes en convinrent en échangeant un sourire, cette fois de posture. Pas Jarï qui se voyait déjà privé de son smartphone et qui songeait désormais à comment escamoter la règle.

– Pour rappel donc, voilà notre fonctionnement contractuel, semblable à beaucoup d'autres centres de formation. Le premier contrat se signe à 15 ans, l'âge de Jarï, pour une durée de 3 ans. C'est le contrat aspirant. Le jeune joueur grandit avec nous, renforce ses connaissances et jouera dans nos équipes de jeunes. Il est arrivé que des joueurs talentueux jouent en équipe première à 16 ans et quelques mois. Ensuite, à 18 ans, nouveau cap : le joueur, s'il est retenu, signera un contrat de stagiaire pour 2 ans. Enfin, le sésame suprême, le contrat pro à 19 ou 20 ans. Parfois avant. Mais nous n'en sommes pas là. Avez-vous des questions, des remarques ?

– Est-ce que vous avez le wifi ? lança Jarï.

Bolder et Perlon étouffèrent un sourire gêné.

Matthew Borley leva les sourcils.

– À la bibliothèque, oui.

Après plusieurs formalités et signatures, accompagnées de madeleines et de thés, il fut établi que Jarï commencerait le plus rapidement possible, l'année scolaire étant entamée. Déjà bilingue français anglais grâce à son père et sa mère, le fils Perlon serait rapidement à l'aise. Mais il aurait quand même besoin de temps pour un rattrapage de l'enseignement.

– Ce garçon doit enfin savoir que Waterloo était une victoire, et non une défaite, lança Borley, taquin.

Les hommes prirent congés deux heures après leur arrivée. Pierre et Jarï rejoignirent Paris dans la soirée, via Air France. Bolder resterait en Angleterre. Perlon promit à son fils une bonne pizza devant un match de foot. Ils joueraient aussi à FIFA, sur la Playstation.

7

Bordeaux, le commissariat, samedi à la mi-journée

– « Joshua McKinney ! »

– Vous dîtes chef??

– J-O-S-H-U-A M-A-C-K-I-N-N-E-Y ! Putain, c'est incroyable. Ça ne te dit rien ?

Assis à survoler les rapports du matin, le capitaine Éric Claroux parlait fort, mi excité, mi perplexe. Il apostrophait son collègue sans le regarder.

– Non, ça ne me dit rien.

Le collègue, lieutenant stagiaire Karim Ezaghoui, tentait de se concentrer sur un rapport concernant un vol à main armé. Il vit une boulette de papier traverser la pièce en sa direction, venue des mains du capitaine.

– Tu étais où les deux dernières années ? C'est un footeux. L'avant-centre irlandais qui termine meilleur buteur depuis deux ans en Espagne. Mieux que Ronaldo ! Un petit prodige de la Liga qui joue pour San Sebastian, comme numéro 10. Il avait été découvert à Bordeaux, lancé par Pierre Perlon, l'ancien *coach*. Tu as une interview de lui dans le canard d'hier matin. Tu ne te rappelles pas de toute cette affaire autour d'un joueur de Bordeaux ?

– Je suis désolé, capitaine, je ne suis pas trop foot. Moi, c'est plutôt la musique.

– Donc si tu n'es « pas trop foot », tu ne lis pas les affaires. Donc il faut que ça t'intéresse en somme pour que tu enquêtes ? On ne va pas voir crever des musiciens toutes les semaines tu sais ! ? Putain, si Boulanger entendait ça.

Voyant son interlocuteur peu intéressé, et surtout concentré sur ses doigts, Éric Claroux continua, à voix basse.

– Le petit Irlandais est tout simplement mis en cause dans le meurtre d'une prostituée de luxe qui a été retrouvée bousillée ce vendredi matin chez elle.

– Ah… ça, c'est une mauvaise passe pour le 10, s'esclaffa Ezaghoui.

Éric Claroux lâcha un gros soupir, fit la moue, leva un œil et son sourcil vers le lieutenant stagiaire.

– Putain, j'ai un comique de plus dans mon service.

– Oui capitaine, j'ai hésité. Flic ou comique…

– Bon, écoute ça. Les collègues ont avancé vite hier. Naïha, la fille qui a retrouvée Sara, les a mis sur la piste. Elle savait que Sara avait une soirée un peu spéciale la veille à Bordeaux. Et les langues se sont très rapidement déliées. En plus, comme les réseaux sociaux étaient bourrés de photos des joueurs en goguette à l'apéro... Pour trois d'entre eux, c'était quand même une veille de match. Ils étaient censés jouer une partie hier soir, qu'ils n'ont pas jouée, parce que quoi Ezaghoui ?

– Parce qu'ils étaient en garde à vue...

– E-xac-te-ment ! Ces types n'ont vraiment rien dans le crâne, enfin bref. Avec trois autres joueurs, pas ses coéquipiers de San Sebastian, mais des pros de Bordeaux, dont deux Brésiliens, et un jeunot, Eliott Marin, McKinney aurait organisé « une partie carrée » - terme qui n'est pas de moi - dans un appartement du centre bordelais jeudi soir. Le mouflet McKinney n'a que 20 ans, mais c'est un chaud lapin on dirait. Quatre filles, quatre bonhommes. Ils se sont apparemment bien amusés. Et là, ça devient lourd, selon un des joueurs. Filles attachées sur les tables, à toi à moi, que je te passe les cons comme je te passe les ballons.

– C'est lourd ça non, capitaine ?

– J'aime assez cette image. J'aime transposer. D'après les premières dépositions corroborées, de tous ses copains footeux notamment, le petit McKinney se serait octroyé une prolongation...

– Et les tirs aux putes ? ricana Ezaghoui.

– Et ça, c'est pas lourd? … avec une des filles de joie, continua Claroux, sans plus sourciller. Et je te le donne en mille : avec celle qui a été retrouvée massacrée, chez elle, hier matin à Hendaye.

– Y a quand même un truc bizarre. Ils organisent leur affaire à Bordeaux jeudi soir et elle est retrouvée morte vendredi matin à Hendaye, deux cents bornes au sud. Il s'est passé quoi dans la nuit?

– Ça, on ne sait pas encore. Mais t'as raison Karim. Y a un problème là. Le petit rouquin l'a peut-être ramenée vers le sud en rentrant au pays. Et commis son office en chemin.

– Et la présomption d'innocence inspecteur?

– Le souci, c'est qu'il est introuvable pour le moment… Pour lui, ça sent quand même la taule. Comme suspect, on ne fait pas mieux.

– Pourquoi il aurait fait ça? annonça le jeune lieutenant.

– Ça mon vieux, tu verras que les mobiles dans les enquêtes, ce n'est pas ce qui manque… L'amour, l'argent, la folie, la contrainte, la jalousie…

– On fait quoi chef?

– Tu te crois à la Gendarmerie? Ne m'appelle pas chef. On va aider les collègues. J'ai enquêté il y a deux ans sur le décès de l'attaquant vedette des Bordelais, Mickaël Ademoah. J'ai quelques contacts dans le milieu. Et surtout, le hasard, ou pas d'ailleurs, fait bien les choses. Perlon, qui a fait venir McKinney, était à Bordeaux hier soir pour commenter à la télé le match contre Lille. Alors on va le contacter. Mais avant, je vais appeler Boulanger.

– Vous ne pouvez pas vous passer de lui…

– Je trouve que tu la ramènes beaucoup Ezaghoui. Tout compte fait, tu vas m'appeler chef.

Le capitaine Éric Claroux consulta son répertoire et enclencha à *Boule*. La messagerie…

Vous êtes bien sur la boîte vocale du capitaine Stéphane Boulanger, commissariat de Saint-Jean-de-Luz. Laissez un message.

– Steph, rappelle-moi.

***

Samedi soir, en Espagne

À San Sebastian, à deux minutes de la plage d'Ondarreta et de la baie de la Concha, la porte d'une BMW M6 coupé s'ouvrit côté trottoir, face à un grand portail noir. Un homme d'un bon mètre 90, au moins, s'en extirpa. Imperméable serré, gants noirs à l'extrémité de très longs bras, il s'avançait d'un pas décidé vers l'interphone. Pas de noms sur la sonnette, des numéros. Résidence sécurisée. Il sonna au numéro 10. Comme ça. Intuition. Aucune réponse. À l'étiquette G, comme gardien, il appuya. « Si ? » entendit-il. En espagnol scolaire, il demanda l'appartement de Joshua McKinney. Le concierge ne voulait pas ouvrir. L'homme à l'imper haussa le ton, en anglais.

– Interpol. Je viens perquisitionner l'appartement de Joshua McKinney.

Un projecteur s'alluma, une caméra dirigée vers le pas-de-porte captait les images. L'homme à l'imper leva la main pour protéger ses yeux. Il sortit une carte d'Interpol. Le portail s'ouvrit. Il avança. Le concierge vint à sa rencontre, un berger allemand en laisse.

– La Guardia civil m'a informé qu'elle viendrait demain, pourquoi vous êtes là ce soir ? Le gardien espagnol se débrouillait en anglais.

– Disons qu'Interpol aime être en avance, encore plus la police britannique à laquelle j'appartiens, quand il s'agit d'un ressortissent britannique qui est mis en cause.

– Je ne vous laisserai pas entrer.

– Même avec ça ?

Le visiteur tendait une liasse de billets.

– 1 000 euros ? Vous êtes vraiment de la police ?

– Oui, mais je n'ai pas le temps de discuter. Et je ne peux pas vous embarquer. Alors ?

– OK.

Les deux hommes s'avançaient vers un escalier extérieur. Le chien resta en bas. Il grognait. Au premier étage, le concierge ouvrit la porte. Un digicode puis une clef étaient nécessaires.

– Attendez-moi là, ordonna le grand type aux accents britanniques.

L'appartement de luxe s'ouvrait sur un grand salon. Canapé en cuir beige, colonne de marbre, tapis immenses sur béton ciré, nombreuses toiles d'artistes sur les murs et écran de télé géant. Une console de jeu sur la table basse, et des détritus -bouteilles de soda, papiers de barres chocolatées, paquets de chips- qui jonchaient les alentours. Les volets électriques étaient ouverts. Le balcon proposait une vue sur une coulée verte et une piscine en forme de cœur, vivement éclairée. L'homme appuya sur l'interrupteur du volet pour qu'il descende. Puis il se mit à chercher. Chaque pièce, chaque placard, chaque tiroir. Dans la chambre de Joshua McKinney, monsieur Interpol retournait tous les objets minutieusement. Il sortit un sac en tissu d'une poche. Il y glissa un mac book trouvé sur le lit. Puis une tablette posée sur la table de nuit. Dans un tiroir, il découvrit des photos : Joshua avec une femme. Ce devait être Sara Lopez Irazabal. Les photos furent aussi fourrées dans le sac.

– Monsieur ?

– J'arrive.

Un dernier coup d'œil dans la cuisine. Un trousseau de clés de voiture et son bip. Porsche.

– La voiture de monsieur McKinney est encore là ?

– Je crois.

– Conduisez-moi au garage.

Les deux types empruntèrent un ascenseur. Quelques voitures haut de gamme. Une Porsche Cayenne. Clic clic. Le bip fonctionna. Le grand bonhomme inspecta chaque centimètre du véhicule tandis que le concierge s'impatientait. Il regardait à droite, à gauche.

– Monsieur…

Dans le coffre, des affaires de sport en quantité. À l'avant, dans un tiroir sous le siège conducteur, un agenda.

Il jeta un œil. Presque tous les deux jours, Sara envahissait les lignes de rendez-vous. « Bingo » murmura-t-il.

– OK c'est bon, on peut y aller.

– Redonnez-moi votre nom s'il vous plaît? Et votre carte?

– John Connor. New Scotland Yard. Au service de sa Majesté et de la police internationale, Interpol donc.

L'homme ouvrit son imperméable. Il tendit la carte.

Dans le mouvement, le concierge aperçut un revolver dans un holster, sous le bras du visiteur. Il resta bouche-bée.

– Merci, et pas un mot sur mon passage.

Le grand homme repartit vers son coupé BMW. Il démarra en trombe.

8

Dimanche, 14 heures. Bordeaux, rédaction d'*Aquitaine Éclair*

Mélissa avait parcouru les quais de Bordeaux à vélo ce matin. Elle avait, comme presque chaque dimanche, fait un petit détour par le quartier des Chartrons et son marché installé en bord d'estuaire. Après un petit-déjeuner copieux, elle se dirigea vers le journal. Puis, très vite, elle prit la direction du service des faits divers. Elle parcourut la rédaction, en pleine émulation dans la préparation de l'édition du lundi pour rejoindre le bureau de Jean Serminal. C'était le spécialiste maison des histoires les plus redoutables, vols, meurtres, viols,.... Malgré plusieurs années dans un service difficile, le journaliste semblait toujours maître de sa santé mentale. L'homme rédigeait un nouveau dossier pour le lendemain.

– Salut. Je te dérange ?

– Ça dépend. Tu es venue pour m'inviter au bal des pompiers ?

Le journaliste se recula sur son siège à roulettes, une main derrière la tête, l'autre sur sa bedaine. Mélissa fit la moue. Avant de reprendre.

– Tu as pu avoir quoi sur la victime ?

– Ce sera dans le journal de demain, répliqua Serminal.

– Bon allez, j'ai aussi des choses à écrire, si tu peux me filer quelques infos.

– Je peux te dire que le service documentation m'a super bien aidé, ça c'est une info.

– Ils sont là pour ça.

– Que tu es méprisante !

– En même temps, s'il faut dire bravo à chaque fois que quelqu'un fait normalement son travail dans ce journal... Pour ma part, on me dit souvent quand je déconne, rarement quand c'est bien.

– C'est bon, j'ai vu l'humeur du jour, je n'aurai pas le dernier mot. Mes contacts m'ont aussi bien aidé. Et puis on a eu une journaliste qui a bossé durant 30 ans à la frontière. Elle m'a rencardé un max. Donc, je vais te raconter un peu de ce que je sais, parce que c'est digne d'un roman cette histoire. Sara Lopez Irazabal, avait 34 ans. Le premier nom de famille est du père, le second hérité de la mère. Sara était maman de deux enfants, un garçon de 19 ans, Gorka et d'une petite fille Angel, 7 ans.

– 19 ans!?

– Oui, 19 ans. Mais laisse-moi t'expliquer. Elle a eu une enfance compliquée. Elle avait à peine 5 ou 6 ans quand elle a perdu son père, soupçonné d'être un membre de l'ETA [4]. Son vieux aurait été descendu au milieu des années 80 par le GAL[5]. Il est tué en 1986 exactement. La mère, elle, est amoureuse folle du père, qu'elle a connu dans les cachettes du mouvement séparatiste. Ils ont 20 ans au début des années 80. Elle s'est affichée clairement comme militante de la cause basque sans jamais avoir été assimilée à l'ETA. Jamais de flagrant délit en tous cas. Elle était plutôt impliquée dans le développement de la culture et de la langue basques, dont il ne fallait d'ailleurs surtout pas parler à l'époque. C'est l'inverse aujourd'hui.

– C'est le grand boum dans les écoles immersives en langue basque, les ikastolas. Et il faut voir le festival Herri Urrats du côté du lac de Saint-Pée-sur-Nivelle. Ils sont des dizaines de milliers à ne parler que basque tout un week-end.

Mélissa était satisfaite d'avoir placé cette remarque.

– Exact. Merci pour le petit cours d'histoire, mais je te rappelle que j'ai été patron de l'agence du Pays basque avant d'arriver ici. Bon, je vais essayer d'y arriver. Alors,

---

4- Euskadi Ta Askatasuna

5- Groupes Antiterroristes de Libération

Sara se retrouve seule à l'âge de 15 ans. Parce que la mère, qui ne s'est jamais vraiment remise de la mort du père, a fini par sombrer dans la drogue et la paranoïa. La gosse lui est retirée. Sara passe par l'assistance publique, accumule les familles d'accueil comme les fugues. Du lourd pour une ado. Et le pire est à venir : selon son dossier social, elle est violée par un de ses tuteurs. Sacré papa d'adoption... Le père de Gorka. Pas difficile de comprendre pourquoi elle en est arrivée là et pourquoi aujourd'hui elle est à la morgue.

– Elle a gardé le gosse alors qu'elle n'avait que 15 ans ? Et elle est devenue quoi la mère ?

– Là, je n'ai pas plus d'infos.

Le confrère de Mélissa prit le temps d'une gorgée d'eau. Mélissa l'informa.

– Au fait, au sujet de la morgue, j'ai peut-être la possibilité d'assister à l'autopsie...

Serminal leva les sourcils.

– Tu veux faire dans le morbide ?

– Non, mais voir un peu comment ça se passe et me préparer peut-être à travailler un jour avec toi...

– Fais comme tu veux, mais tu n'en sortiras pas indemne. Est-ce bien nécessaire ?

– Je te proposerai un papier soft, et tu me diras... Histoire d'étoffer un peu notre dossier.

– Mouais. Bon, pour en finir avec notre victime. Dans le milieu de la prostitution, où l'on retrouve sa trace plus récemment, Sara était surnommé « Dueña », soit « patronne » en français. Ces dernières années, elle aurait tissé un sacré réseau. Elle était accoquinée avec un certain Aitor Hernandez de Almeida. Lui aussi a un surnom, ça doit être la mode dans le *business* du cul. « Gato ».

– Il doit s'en tirer une grosse part du gâteau…

– Hein ?

– Nan rien, vanne pourrie, continue.

– El Gato, ça se traduirait par le « Matou ». C'est joli à prononcer mais il faut surtout le prendre pour le côté macho et dominateur. Et le type est plutôt genre maroufle. Grossier, cogneur, un proxénète dans toute sa splendeur. Patibulaire mais presque…

– Celle-là aussi elle est nase, la vanne… Coluche l'a faite il y a 30 ans.

– Je te l'accorde. Le margoulin fait partie des suspects potentiels. Les flics le cherchent, il est introuvable. La relation des deux tourtereaux est signalée comme plutôt explosive. Une piste sérieuse. Ils cherchent aussi Joshua McKinney, joueur de San Sebastian.

– Dac. Ça, on l'a écrit oui. Il venait passer des soirées depuis le sud avec son copain Eliott Marin. Ils étaient très copains quand ils jouaient ensemble à Bordeaux.

– Pour en revenir à Sara, la « Dueña » a été arrêtée plusieurs fois pour racolage dans ses premières années de tapin, quand elle venait côté français. Au fur et à mesure des années et des gains, elle s'est fait une clientèle de plus en plus chic, notamment du côté de Bordeaux. Jusqu'à taper dans le très haut perché. Politiques, patrons de multinationales, footballeurs professionnels, commerçants nantis ou artistes réputés, toute une cour aisée. D'ailleurs, selon un de mes potes avocat, qui était censé la défendre au cours d'un procès dans pas très longtemps, Sara Lopez Irazabal aurait dû tôt ou tard répondre à l'accusation de proxénétisme, pour avoir géré l'emploi du temps de cinq ou six jeunes femmes dans des « plans » sexuels à plusieurs, à destination d'une clientèle bordelaise dite « haut de gamme ». Moi je dirais une belle bande de gros cochons.

– Des pervers pépères quoi…

– Si tu veux. Mais ma grande, il y avait aussi des femmes qui utilisaient ses services. La brigade des mœurs l'avait mise sur écoute, un peu par hasard, d'ailleurs, grâce à une autre piste. Elle avait un client très généreux qui donnait dans le trafic de motos, et qui était lui sur écoute depuis un moment. Du coup, les collègues alertés du petit manège l'ont branchée elle aussi. Pendant près de trois mois. Enfin, sur l'un de ses portables, celui qui servait à ses affaires. Mon pote avocat m'a fait passer quelques docs. Et notre Sara n'avait quand même pas l'air toute nette dans sa tête. Au travers des rapports médico-sociaux, blindés de nombreux témoignages d'assistantes sociales ou de paroles d'experts, on peut lire des choses comme « quelqu'un au comportement bipolaire », « une femme hystérique, paradoxale, parfois théâtrale », des « traits pervers, un profil psychopathe », « peu de soucis de l'ordre établi », « usagère de l'alcool ». Un second rapport indiquant des « carences affectives et éducatives », des « passages de l'idéalisation de soi à la dévalorisation ».

– Ce pathos…

– Le plus drôle, c'est le contenu des écoutes téléphoniques. Il y a certaines personnalités qui doivent être heureuses de savoir que le dossier n'éclatera jamais au grand jour. Enfin, qui sait… Peut-être qu'on va en faire un encadré quand même hein… Dont pléthore de joueurs de foot. Et tu sais quoi, un certain Pierre P. apparaît dans le dossier, au milieu du gratin bordelais, comme client potentiel… Pierre P. ? Ça ressemble à ton copain Pierre Perlon, non ?

Mélissa dut s'asseoir, estomaquée. Elle se sentait vaciller. Impossible. Ce qu'elle venait d'entendre était une boutade.

– Tu es sûr de ça ? C'est peut-être un autre Pierre ! ?

– Pierre Perret, qui serait venu pour chanter sa chanson le « zizi… ». Jean Serminal se mit à rire. Humm, sérieusement, il y en a beaucoup des Pierre P… qui aurait été *coach* à Bordeaux ? Enfin, il n'a peut-être fait que tirer son petit coup comme les autres. Tu es déçue ?

– Le salaud.

– Dans ce dossier d'écoutes cocasses, il y a des hommes d'affaires assureurs ou banquiers, un pompiste qui paie en chèque carburant, un pharmacien qui règle avec des médocs, un traiteur qui régale en petits fours, un ostréiculteur qui finance ses pipes avec des bourriches d'huîtres, et son mac, Aitor, qui lors d'une discussion lui explique qu'ils « vont prendre gavé de pognon pour la fin de soirée d'un repas du jour de l'an en mairie… »

– C'est énorme. Balance tout, ça va secouer le cocotier.

– Je vais faire ça ma grande !

– J'avoue que tu as fait un super boulot Jean.

– C'est bon, va. S'il fallait toujours dire bravo à tous ceux qui ne font que leur boulot…

De retour dans son bureau, Mélissa Marchand ne put s'en empêcher. Elle ouvrit son portable et envoya un texto à Pierre Perlon.

Vous la connaissiez, Sara Lopez Irazabal?

À Paris, Perlon hésita.

Oui, pourquoi ?

Vous êtes un beau salaud.

C'est elle qui a été assassinée. Et votre nom apparaît parmi ses clients. Oubliez mon numéro.

Perlon n'eut pas la force de répondre. Il mit une main sur son front. Et tout haut, lança un « merde ».

– Ça va papa ? demanda Jarï.

– Oui, oui, ça va. Il va peut-être falloir que tu ailles chez ta mère cette semaine.

***

Dimanche matin, Bordeaux, le commissariat

Un passage au commissariat pour prendre la voiture de service, consulter courriers et appels, récupérer quelques dossiers, et le capitaine démarra son parcours. Éric Claroux s'était levé aux aurores pour partir vers le Pays basque. Boulevard bordelais, direction la rocade, via Talence et le domaine universitaire. Autoroute vers Bayonne.

L'accolade fut franche et amicale. Le capitaine Stéphane Boulanger attendait son collègue et ami avec café et croissant.

– Comment vas-tu l'ami ? Ce petit voyage ?

– Plutôt bien. Je me suis calé dans le siège de la bagnole, personne sur la route. Et quand j'écoute le "Do I Wanna Know ?" du groupe *Arctic Monkeys* dans ma caisse, je me prends pour Clint Eastwood. Alors je rêve. Et je roule peut-être un peu trop vite. Surtout que ces routes, c'est le jour et la nuit aujourd'hui, les deux fois trois voies, c'est le paradis.

– Moi c'est plutôt quand j'envoie à fond le « Johnny, I Hardly Knew Ya » des *Dropkick Murphys* que j'ai envie de monter à cheval et d'attraper les Indiens.

– Ouais, sauf que c'est plutôt les Hindous. À la base, c'est une chanson hommage aux soldats irlandais partis combattre en Inde avec les Anglais. Dans ta chanson, ce bon Johnny se fait massacrer et rentre en Irlande tout décharné.

– Ah merde. Je ne savais pas.

– Il est mort depuis.

Les deux hommes éclatèrent de rire.

Éric Claroux reprit son souffle en premier.

– J'ai du nouveau, que je ne t'avais pas envoyé par mail. Ça vient après les gardes à vue. Vers 19 heures, Sara Lopez Irazabal et ses « amies » arrivent dans un bar branché de Bordeaux. Elles y retrouvent les joueurs. Ils restent là durant deux heures, apéro tapas, c'est là que tout le monde les voit s'amuser. Vers 21 heures, ils partent par groupes de deux, mais dans un laps de temps très court, pas plus de dix minutes. Pas difficile de comprendre que tout ce petit monde se retrouve dans l'appartement d'un des Brésiliens, Amidano. Jusqu'à minuit, c'est une orgie, mais ça tourne au vinaigre. L'alcool coule à flot, et la drogue est sur la table. Amidano et Paulo Baptista sont ivres. Ils sortent des liasses de billets et demandent aux filles d'aller un peu plus loin. Une veut s'en aller, mais sous la pression physique, et sur injonction de Sara, elle reste. Les autres acceptent le fric. Deux sont attachées à la table de la cuisine, et sont fouettées avec des torchons et des ceinturons. Les deux Brésiliens, déchaînés, auraient dit « vous aller déguster ». Et quand c'est au tour de Sara d'y passer, *a priori*, Joshua s'y oppose. Il y a une altercation. La soirée tourne court.

– Pas pour tout le monde visiblement... Moi j'ai la suite : vers minuit Joshua et Sara prennent la route en convoi. Ça on le sait grâce aux caméras du parking souterrain. Les deux voitures se suivent. Et on retrouve leur trace grâce aux péages de l'autoroute. Les cartes bancaires sont débitées à quelques secondes d'intervalle. Ce qui est très étonnant, c'est que les voitures ne s'arrêtent pas à Hendaye, où a été retrouvée morte Sara Lopez Irazabal. Elles franchissent encore, à 2 h 36, le péage d'Irun/Béhobie en Espagne...

– Et vous perdez leur trace ? s'inquiète Éric Claroux.

– Là, manque une ou plusieurs pièces du puzzle. Naïha Gonzalez, amie de Sara Lopez Irazabal, retrouve le corps mutilé à Hendaye, à 11 heures. Elle est accompagnée de la fille de Sara, Angel, 7 ans, qui est depuis sous le choc. L'amie et la fille se reposent. En collaboration avec la police espagnole, on a lancé des mandats d'arrêts, enfin, des notices rouges, contre le maquereau avéré de Sara. Le fameux Aitor machinchose. Et sur McKinney. Introuvable lui aussi. Le pire, c'est que selon le rapport de la police scientifique, on a retrouvé sous le lit à Hendaye, une paire de chaussettes qui lui appartenait. L'ADN est formel.

– Ça, c'est mal.

– Disons qu'il va être difficile d'avoir des arguments contre… Naiha Gonzalez a confirmé que Joshua était très amoureux de Sara, et qu'il voulait la « tirer des griffes » de ce monde. La « Dueña » n'éprouvait *a priori* pas les mêmes sentiments.

– De là à la tuer…

– On a vu pire comme mobiles non ?

– Ça…

– Au fait, reprit Boulanger, au passage, on a notre journaliste préférée qui m'envoie des textos pour avoir des infos, tu crois qu'on peut lui en balancer un peu ?

– Elle m'en envoie aussi, tu imagines bien… T'es toujours sur le coup ou quoi ? T'inquiète, le procureur va donner une conférence de presse demain matin, en direct sur les chaînes infos. Elle aura presque tous les éléments. On leur sert la soupe directement maintenant. Pauvre police. D'un autre côté, ça évite de lire ou d'entendre un sacré paquet de conneries.

– Bon, une petite virée sur le port de Saint-Jean-de-Luz et une petite bouffe sur la place Louis XIV ?

– C'est parti Steph.

***

Paris, lundi matin

Perlon laissa un message au rédacteur en chef de la chaîne. *Je ne pourrai pas être à Paris pour l'émission de ce soir, tu m'en vois désolé. J'ai des choses à régler à Bordeaux. Je dois y retourner.*

Le néo-consultant composa ensuite le numéro de la secrétaire, Cathy. Elle répondit en douceur, de cette voix mi suave mi rocailleuse, façonnée aux paquets de Marlboro.

– Que vous arrive-t-il Pierre ?

– J'ai besoin d'une voiture de location et d'une chambre d'hôtel pour au moins deux jours, à Bordeaux, si possible au même endroit que d'habitude. Si vous pouvez me les réserver. Mais je paierai de ma poche, ne vous inquiétez pas. Vous n'y voyez pas d'inconvénient ?

– Pas du tout. Mais on a des forfaits, on ne paiera pas plus cher, Profitez-en !

– Merci, à très vite.

9

Bordeaux, lundi matin, 8 heures, palais de justice

Le procureur de la République de Bordeaux venait de finir son monologue sur l'affaire Sara Lopez Irazabal. Son visage était déjà sur tous les écrans. Jean Serminal était sur place. Depuis sa télé, chez elle, toujours en pyjama, Mélissa l'avait aperçu. Il se sentait fier d'avoir livré une bonne partie du contenu du laïus du procureur dans l'édition du matin, devançant ainsi les collègues. Serminal compléterait la suite du feuilleton dans la journée sur le web. Dans les pages *Sports*, Mélissa Marchand avait pu dévoiler les raisons de l'absence des trois joueurs bordelais, lors du match face à

Lille : une garde à vue inopinée. Elle avait également signé quelques lignes sur les preuves lourdes accablant le prodige Joshua McKinney. Elle s'était refusée, elle ne savait toujours pas pourquoi, à citer Perlon dans les clients potentiels. Serminal ne l'avait pas fait non plus, ne le jugeant pas nécessaire pour le moment.

Elle regardait son téléphone toutes les trente secondes. Elle attendait un appel de sa part, un petit mot sympa ou tout au moins une bribe d'explication. Rien. Trente secondes plus tard non plus, ni même une demi-heure après. Toujours rien. Elle recoupait les époques. Perlon avait certainement usé des charmes de Sara Lopez, alors qu'il tentait également de la séduire, elle. Le mufle. Enfin, elle ne savait plus vraiment qui tentait de séduire l'autre, d'ailleurs. Elle se remémorait les moments forts et la présence rassurante de Perlon, deux ans auparavant, quand elle avait été agressée chez elle. Les moments partagés, mais les actes manqués. Mais cette fois, c'était bel et bien fini. Plus question de revoir ce salaud.

Elle jeta un œil à son portable. Toujours rien.

***

Arrivé à Bordeaux vers midi, voiture de location récupérée, Perlon posa ses affaires à l'hôtel de Sèze. Reposé quelques minutes, il prit la direction de chez son ami « Olive », patron du café Étienne, à proximité de la place de la Victoire, Place du Général-Sarrail. Olive, un ami de jeunesse. Rencontré au centre de formation du club parisien de foot, il y a plus de vingt ans. Perlon avait percé, pas lui. Mais les deux hommes étaient restés soudés. Ils ne s'étaient plus quittés lors du passage de Perlon dans le club de Bordeaux où, hasard de la vie, Olivier avait eu l'occasion de s'installer. L'accueil du patron de bar fut plutôt expansif.

– Ah ben quand même te voilà ! Je lis dans la presse que tu étais là vendredi dernier, et pas un mot de ta venue à ton vieux pote. Même pas un passage expresso.

– Je suis là, tu vois.

– Ça me va. Qu'est-ce que tu bois ?

– Un café crème, ça m'ira très bien. Dis donc, pas mal ta nouvelle déco. Et cette moto à l'intérieur, original…

– Oui, la Française 1951. J'ai récupéré ça d'un ancien bar, l'Alligator.

Pierre Perlon regardait sa tasse. Il touillait son café de plus en plus fort.

– Un souci Pierrot ?

– Oui.

– Quelques secondes de pause.

– Tu te souviens de Sara Lopez, la « Dueña ».

– Oh que oui, que je m'en souviens. Cette bombe. Ce feu…

– Elle est morte.

– Merde.

– Tu l'as dit.

– Vu ta tête, tu n'y es pour rien au moins ?

Le téléphone de Perlon sonna.

– Excuse-moi deux secondes.

– Éric Claroux.

– Bonjour lieutenant.

– Capitaine.

– Bravo.

– Merci. J'aurais préféré vous appeler dans d'autres circonstances, mais j'ai un souci. Nous avons votre nom parmi les clients de Sara Lopez Irazabal. Vous voyez de quoi je veux parler.

– Tout à fait.

– Comme tous ceux qui furent parmi ses clients, nous aimerions vous voir. Vous êtes toujours à Bordeaux ?

– J'étais parti, je suis revenu.

– Ah, des choses à régler ?

– En quelque sorte.

– Cet après-midi ? Demain ?

– Demain après-midi, si ça vous va.

– Parfait.

Perlon avait raccroché.

– Pierre ?

– Non, non, je n'y suis évidemment pour rien. Et là, les flics veulent me voir. Ça me flingue, j'ai passé de bons moments avec elle.

– Pour sûr. Y avait de quoi.

– On est allé au-delà de ça, tu sais bien. Je l'aimais beaucoup, mais elle avait un côté imprévisible beaucoup trop dur à gérer. Une iconoclaste. Et elle se battait au quotidien pour canaliser sa haine.

– De quoi ?

– Si je savais.

– C'est arrivé comment ?

– Un truc affreux, dégueulasse. Elle a été retrouvée à moitié calcinée, dans un appartement à Hendaye. Branche tes télés et regarde BFTV, tu vas revoir en boucle les déclarations du proc de Bordeaux.

– Ah c'est elle qui s'est faite descendre ! ? Putain j'avais pas fait le rapprochement.

– Une horreur.

– Quel est ton problème, Pierre ? Il y en a un.

– J'en ai plusieurs. D'abord, c'est le petit McKinney qui fait partie des suspects, même si j'en mets ma main à couper, il n'a rien pu faire de tout ça. Il faut que je l'aide à se sortir de là et qu'il n'aggrave pas son cas. Il se planque. Et puis mon nom est dans le dossier comme client régulier. C'est la merde ça. Je viens de signer un bon contrat avec la chaîne *Sport One*, je me demande ce qui va se passer s'ils l'apprennent. Enfin, quand ils vont l'apprendre.

– La police va garder le secret de l'instruction.

– Tu y crois encore toi à ça ? En fait, je crois qu'il y a un truc qui me fait encore plus chier. C'est que Mélissa Marchand l'a appris, elle m'a bombardé un sms. Je te dis pas. Et là, ça semble irrécupérable.

– Ah je ne savais pas que tu lui collais toujours autour à la petite journaliste…

– Moi non plus, pas vraiment, même si elle était toujours dans un coin de ma tête. Il y a deux ans, on avait prévu de se revoir. Et puis la vie passe. Mais je l'ai revue hier, et franchement, ça me fait quelque chose à chaque fois. Cette minette a un charme fou, mais j'ai douze ans de plus qu'elle.

– Et alors ? Ça te gène ça ?

– Bon, Olive, je n'ai pas vraiment la tête à ça. Tu peux me filer un coup de main ?

– Bien entendu. Que souhaites-tu ?

– Trouver l'assassin…

– Rien que ça ?

– Au moins faire un maximum pour mettre la police sur la voie.

– Bon, écoute, dans le milieu des cafetiers, ça discute. Je vais me renseigner, passer quelques coups de fils. J'ai aussi pas mal de clients qui viennent prendre un petit noir et qui sont des notables. Tu sais, le tout Bordeaux connaît un peu l'histoire de cette miss prostituée qui enflamme les bourses, dans tous les sens du terme. Le nombre de types qui ont fait appel à ses services… Enfin je ne t'apprends rien.

Olive avait le sourire aux lèvres. Il enchaîna.

– Je te tiens au jus. Toi, tu fais quoi ?

– Je vais essayer de trouver Bud McKinney, le frère de Joshua, s'il est encore dans la région. Il m'aidera peut-être à trouver son frère.

– Ils ont quoi les deux Brésiliens, Amidano et Paulo Baptista ? J'ai entendu dire qu'ils ne se sentent plus très bien en France, qu'ils ont peur des attentats, qu'ils veulent rentrer au pays…

– Les enculés. Si j'en crois ce que m'a raconté Mélissa, ils étaient avec McKinney la veille au soir du drame, *a priori*, et avec le petit Eliott Marin d'ailleurs.

– Tu l'as vu toi, Eliott ?

– Non. Je crois que Mélissa va essayer de l'avoir en interview, mais qu'après les interrogatoires, il est parti se planquer chez ses parents, en Dordogne.

***

Après avoir suivi la conférence de presse du proc donnée à une heure qui s'apparentait à l'aube pour Mélissa, la jeune femme avait rapidement pris sa douche et sauté dans un jean pour arriver au plus vite au journal. La matinée allait être dédiée aux diverses réunions de rédaction. Chefs de services, puis chaque service. Depuis sa petite échoppe du quartier Bacalan, la reporter avait enchaîné ligne B puis C, avant de lâcher le tramway Porte-de-Bourgogne, pour traverser le Pont-de-Pierre à pied et prendre un café place Stalingrad, sur la rive droite de Bordeaux. Elle était ainsi à quelques pas du journal *Aquitaine Éclair*, dont les récents bureaux, installés au cœur de la zone - comme ceux d'autres entreprises - révélaient la dynamique économique actuelle du lieu.

Mélissa en profita pour poursuivre la lecture du journal entamée dans le tram, et surtout relire les papiers concernant l'affaire Sara. L'encadré de Jean Serminal sur les clients supposés de la prostituée de luxe était décapant. Tous passaient à la moulinette, commerçants bon chic bon genre, footballeurs déviants tandis que quelques lignes stigmatisaient « une clientèle politique locale adepte des rendez-vous de « La Dueña », dont certains élus de la municipalité furent les plus addicts. Elle ne put réprimer un « whaou », et pensa très fort, « il a fait son boulot Serminal, il ne s'est pas dégonflé ».

Une fois le canard fini, Mélissa paya son café et prit la direction du bureau, le long des quais. Arrivée au journal, elle n'évita pas les quelques bonjours et les discussions autour de l'affaire. Puis, elle finit par croiser Jean Serminal, dans le couloir qui allait mener à la première réunion des chefs de rubriques. Elle pour le sport, lui pour les faits divers.

– Bien joué.

– Mouais. J'ai les oreilles qui sifflent. Depuis ce matin, plus de dix coups de fils. Je me suis fait déboîter par la directrice de la communication de la mairie qui dit que je fais un amalgame entre municipalité et vie privée des élus, j'ai l'adjoint à l'urbanisme, Hervé Monnot, qui est l'un des clients d'ailleurs - qui m'a également mis une soufflante me demandant de ne plus jamais mettre les pieds à la mairie. Et je ne te parle pas de notre bien aimé directeur de la rédaction qui m'a mis la dernière couche.

– Il est rigolo lui, il a bien validé hier soir. Il était peut-être client, qui sait ? Mélissa riait.

– Oui, ben tu sais ce que c'est. Il a reçu les mêmes coups de fils que moi ce matin, voire même de plus haut, et il fait retomber les responsabilités.

– En tout cas, je ne te l'ai pas toujours dit, mais bravo. Je suis épatée.

La conférence de rédaction fut agitée. Certains félicitèrent Serminal, et Mélissa aussi pour ces infos données sur les acteurs de l'affaire issus du football. Mais Serminal et son dossier du matin furent au centre d'un débat féroce. Pire, lui avait recoupé des noms, et proposait de les écrire le lendemain. Certains ne souhaitaient pas que le journal aille plus loin dans les révélations concernant les clients, et au contraire, d'autres que les noms soient divulgués dès la mi-journée, sur Internet. Le directeur de la rédaction argumenta qu'un bon tirage grâce aux bonnes ventes ne justifiaient pas forcément plusieurs procès en diffamation. Il demanda un retour au calme et que tous vérifient plusieurs fois leurs informations. Il donna rendez-vous pour un nouveau débat, vers 16 heures. Le *boss* précisa aussi que la mairie payait de très chères campagnes de publicité au journal et « qu'il ne fallait pas faire n'importe quoi non plus ».

Mélissa souligna en catimini qu'elle avait pu négocier de suivre l'autopsie de Sara, le lendemain, et qu'elle se proposait d'aider Serminal pour un nouvel épisode dans le journal du mercredi. Sa requête fut acceptée. Il fallait moudre du grain. Cette affaire, c'était chaque jour 5 000 journaux vendus en plus, 100 000 clics supplémentaires sur le site Internet. Chaque information valait son pesant de connexions, chaque démenti son lot de commentaires. Le feuilleton était disséqué sous toutes les coutures, graphiques, vidéos, sondages, témoignages. Les modérateurs du site du journal avaient accru leur vigilance pour éviter le flot d'injures. Idem pour la page *Facebook*.

Un *webeditor*, chargé de ces nouvelles technologies de l'info, fut happé par l'un des commentaires. Il appela Mélissa Marchand et Jean Serminal. Un pseudo « *Lavéritésijemens33* », qui utilisait comme avatar le fameux masque noir et blanc, des Anonymous, doté d'une fine moustache et d'un bouc entourant un sourire ironique. Le spectre avait disséminé sur tous les réseaux sociaux le même message :

J'ai des photos de nombreux clients qui fréquentaient la prostituée assassinée, j'ai même quelques jolies vidéos à ne pas mettre devant les moins de 12 ans. Si votre journal ne donne pas les noms, moi je balancerai toutes ces images ! Que la vérité soit faite ! Pour Sara !

– Il faut immédiatement demander au service informatique de localiser l'expéditeur des messages. Un coup de fil aussi à la police.

Mélissa regarda Jean Serminal.

– Tu penses à ce que je pense ?

– Mouais. Je crois. Tu crois que quelqu'un aurait pu avoir vent de ces images et qu'il aurait voulu les retrouver avant qu'elles ne soient diffusées ? Et flinguer la chère Sara ?

Le grand journaliste, à la fois maigre et bedonnant, bidouillait en même temps son smartphone.

– C'est à peu près ça, glissa Mélissa. Un type qui l'aurait eu mauvaise, qui aurait paniqué à l'idée que bobonne et toute la planète soient au courant de ses parties de jambes en l'air. Et ça a très mal tourné.

– Ça va aller loin cette histoire…

10

Sarlat-la-Caneda, lundi fin de matinée.

Place de la Liberté. Du ciel assombri, quelques gouttes d'eau venaient s'éclater sur les pavés. Un homme vêtu d'un imperméable et de gants en cuir s'engouffrait dans les rues de la ville d'un pas motivé. Son regard se posa d'abord sur le smartphone dans la main droite, puis sur la devanture de la boutique Cellier du Périgord. Il pénétra dans le commerce, fit mine de s'intéresser aux produits.

– Quoi de meilleur pour rapporter en Grande-Bretagne ? Lança-t-il.

Il fut rapidement conseillé.

Alors que le grand escogriffe déposait maladroitement sur le comptoir quelques spécialités du terroir qu'il avait choisies dans les étagères, le commerçant l'interrogea :

– Il vous faudra autre chose monsieur ?

Tout en payant en espèces, il répondit :

– Oui, connaissez-vous monsieur et madame Marin ? Mon GPS me dit qu'ils n'habitent pas très loin. Mais je m'y perds un peu dans ces rues. J'ai préféré me garer assez loin, j'ai bien du mal à rouler à droite…

– C'est la rue d'à côté. Rue Fénelon. Madame Marin tient le magasin de coiffure juste en dessous de leur appartement.

Après avoir remercié son interlocuteur, l'homme à l'imper, sac de courses dans la main droite, se dirigea vers le salon de coiffure. Fermé le lundi.

– Shit.

À côté du salon, une grosse porte en bois. Sur la sonnette, monsieur et madame Marin. Le contact fut établi via l'interphone.

– Bonjour madame, je suis un ami de la famille McKinney. Joshua est introuvable et je sais que votre fils Eliott est ami avec lui. Je pourrais le voir ?

– Il n'est pas ici. Et il a déjà tout dit à la police.

Le grand type passa sa main gauche dans ses cheveux en fermant les yeux. Il soupira.

– Madame, je ne lui veux aucun mal. Je viens d'Irlande pour aider la famille à retrouver Joshua et l'épauler.

– Je ne peux rien pour vous. Le moment est difficile aussi pour notre famille. Laissez-nous tranquille.

L'homme laissa son sac de produits locaux devant la porte. La pluie s'intensifiait. Il sortit une casquette d'une de ses poches, remonta son col et retourna jusqu'à sa voiture. Il démarra et revint jusqu'à la rue Fénelon. Il gara le coupé BMW à une centaine de mètres de la maison des Marin. Il s'enfonça au fond du siège passager. Dans le lecteur CD, il glissa du Sinéad O'Connor. Les essuie-glaces s'agitaient par intermittence. Une heure plus tard, Eliott Marin sortit de chez ses parents. Le coupé allemand démarra.

***

Lundi, 13 heures

Pierre Perlon composa le numéro de Bud McKinney. Il y a deux ans, le frère de Joshua avait fait partie du *deal*. Le jeune prodige était transféré à Bordeaux, et son frère l'accompagnait, devenant une sorte de garde du corps et d'homme à tout faire. Bud McKinney, c'était tout sauf un comique. Pas non plus un scientifique. Un dur, qui avait plusieurs fois fait des séjours dans les taules irlandaises. Crâne rasé, tatoué, le frangin inspirait encore plus la crainte quand il ouvrait la bouche et découvrait ses quelques dents encore agrippées aux gencives, jaunies par les différentes substances ingurgitées dans sa trentaine d'années d'existence. À l'époque, Pierre Perlon s'était d'abord méfié du repris de justice. Probablement un délit de faciès. Certes, l'homme s'était montré un poil balourd, un brin bourrin, mais s'était finalement révélé un allié précieux dans l'enquête menée par Pierre Perlon sur le décès de Michael Ademoah. Notamment grâce à la force de ses bras et de ses coups. L'intimidation avait même suffi parfois.

La sonnerie du téléphone indiquait que le numéro composé n'était plus attribué. Perlon soupira. Suzan McKinney lui avait pourtant indiqué que Bud serait là, qu'il prendrait les devants. Même si Bolder semblait partisan du retour probable du frangin au pays.

Il composa le numéro de Joshua. Celui de l'appel du week-end dernier. Messagerie également. Puis Perlon fit défiler son répertoire, il composa le numéro de Joshua enregistré il y a deux ans. Une sonnerie. Le cœur du *coach* se mit à battre plus fort.

– Yes.

– Joshua !?

– No, Bud. Bud Mckinney. Comment ça va, *coach* ?

– Pas terrible. Mais heureux de t'entendre. Où es ton frère ?

– Ah ça *coach*, si je savais…

– Déconne pas.

– Rendez-vous à la gare de Bordeaux dans une heure.

Bud McKinney avait raccroché.

***

Lundi après-midi

À la rédaction d'*Aquitaine Éclair*, Mélissa multipliait les tentatives. Coups de fils, textos, et mails à ses contacts.

Elle obtint une réponse du capitaine Stéphane Boulanger

« La police espagnole et nos représentants français à Madrid ont trouvé trace du maquereau. Aïtor truc machin. Sa carte bancaire a été utilisée à Séville, ce matin. Et sa voiture a été retrouvée à Barcelone ... ce matin, aussi, sur un parking du port. Le type essaie de brouiller les pistes. Aucune trace du jeune Joshua McKinney. ++ ». Elle transmit les infos à son collègue Jean Serminal.

Elle reçut un nouveau refus d'interview de la part d'Eliott Marin, le jeune défenseur de l'équipe bordelaise. Ce dernier avait passé 24 heures en garde à vue et se terrait désormais chez papa et maman. Les deux joueurs brésiliens vedettes, Amidano et Paulo Baptista, n'étaient pas non plus à l'entraînement du club cet après-midi. Ils avaient subi le même traitement que le jeune Marin.

De retour au journal, Mélissa décida d'interroger Marco, un contact brésilien à Bordeaux, interprète régulier et facilitateur d'installation de ses compatriotes. Elle imaginait qu'il avait pu aider la police dans les échanges avec les deux Auriverde. L'homme lui expliqua que les deux Sud-américains étaient terrifiés. Qu'ils ne s'imaginaient déjà plus joueurs à Bordeaux. Mais en plein mois d'octobre, il allait bien falloir qu'ils honorent leur contrat. Avant de sûrement migrer à partir de janvier et l'ouverture du *mercato*. Ce fameux marché des transferts en plein hiver.

Mélissa passa un coup de fil au directeur général du club. Ce dernier l'avait d'abord sermonnée. Puis, il lui confirma à demi-mots que l'avenir des deux stars à Bordeaux s'était sérieusement obscurci. Elle pouvait balancer, mais ne surtout pas le citer. La reporter rédigea une brève Internet : « Amidano et Paulo Baptista sur le départ », sans oublier de twitter. Un record de clics en quelques minutes pour cette dépêche et un nouveau torrent de commentaires, allant du fallacieux au très sordide. Le modérateur dut suspendre les réactions des internautes. Un communiqué de presse du club ne mit pas quinze minutes à envahir les rédactions, en démentant catégoriquement le départ des deux hommes. Un démenti qui se transforma en nouvelle brève Internet. Clics, re-clics.

Lors de la conférence de rédaction de fin de journée, Mélissa partagea le camp des opposants à la publication des noms des clients avérés de Sara Lopez Irazabal, dont une partie avait fuitée via un avocat. Trop dangereux pour l'instant. Le Non l'avait emporté de peu.

La fin de journée s'annonçait studieuse. Mélissa devrait aussi gérer l'actualité des autres sports, la vraie fausse fusion de deux clubs de rugby du Pays basque, la tournée d'automne du quinze tricolore qui virait au fiasco après une déroute contre les Blacks, le record du monde de vitesse hallucinant d'un cycliste de plus de 100 ans, le portrait d'un navigateur « aquitain » pourtant né à Strasbourg, ou encore le débat sur le lieu des futurs championnats du monde de surf, sur la côte landaise. Il y aurait du boulot, et Mélissa terminerait sûrement la journée assez tard. Trop pour aller au cours de gym du lundi. Elle s'imaginait déjà profiter d'un crépuscule de l'été indien, à la terrasse d'un café de la place Stalingrad.

***

Pierre Perlon s'était déplacé en tramway, profitant ainsi de la vue des contreforts de la ville de Bordeaux et de ses couleurs. Un petit *ding ding* marquant la proximité d'un arrêt et l'énorme flux de voyageurs descendant du wagon l'extirpèrent de ses pensées. Bordeaux, gare Saint-Jean.

Il fit le tour de cette vaste station, en haut, puis en bas. Une structure historique complètement relookée pour l'arrivée de la ligne grande vitesse Sud Europe Atlantique, plaçant Bordeaux à 2h05 de Paris. Des halls revus et corrigés, une titanesque verrière -monument historique- totalement rénovée. Perlon décida de s'asseoir en évidence sur un tabouret haut d'une brasserie de la gare. Alors qu'il avait le nez dans un verre de menthe à l'eau, quelqu'un lui tapota l'épaule. Il se tourna. Face à lui, Bud McKinney. Casquette noire vissée sur son crâne que Perlon imaginait sans difficulté toujours rasé, l'homme avait bien un ou deux tatouages supplémentaires. Et ô miracle, son sourire se faisait moins créneaux et merlons que par le passé, l'alternance vide plein avait été visiblement comblée par un dentiste motivé. Et certainement bien payé. Après un petit temps d'arrêt, les deux hommes se donnèrent l'accolade.

Alors oui, Bud lui en voulait un peu d'être parti de Bordeaux, d'avoir laissé Joshua seul, mais il se rappelait aussi des bons moments, et de l'éclosion du petit frère, en partie grâce à l'entraîneur Perlon. Michaël Ademoah, la victime, Christian Desendorf, ce grand défenseur allemand qu'ils avaient dû secouer. Celui-là, ils ne l'avaient pas raté. Ils tournaient un peu autour du pot, mais Perlon se lança pour crever l'abcès.

– Raconte-moi, Bud. Steve Bolder m'a dit que tu étais reparti. Mais j'ai eu ta mère, et elle m'a dit que tu étais là…. J'ai du mal à cerner.

– Ouais, ils ont tous les deux un peu raison. Voilà. Tu sais j'ai une mère et une sœur, très… Comment vous dites en France déjà ? Hum… Collantes. Envahissantes.

– Des femmes quoi ! Je me souviens, quand je les avais vues à Dublin… Deux très belles femmes. Ta sœur Linsley particulièrement.

– Yeah, une beauté mais diabolique la *sister* ! Elle est toujours sur notre dos. Surtout pour le petit dernier, moi je peux bien crever la gueule ouverte. Je les ai déçues, clair, mais j'ai lâché les conneries et les bouteilles. Pour te répondre, j'ai dit à Joshua que je partais mais à la mère que je restais. Et j'suis resté.

– Dis-moi, Bud, c'est quoi le hic, sans mauvais jeu de mots.

– Je peux pas t'jurer que j'picole pas toujours un peu, c'est sûr. Mais ce que je peux te jurer *coach*, c'est qu'mon petit frère il a pas tué cette traînée.

Perlon resta stoïque.

– Voilà, *coach*. Je te mets au parfum. Cash. Le petit est tombé amoureux. C'est son pote, Eliott, qui l'a branché pour une soirée avec la pute et ses copines. Il y a six ou sept mois. Une fois, deux fois, trois fois. Il est tombé raide dingue de la fameuse Sara. Et il y est allé tout seul. Des fois, il ne payait plus. Faut dire que quand il payait, c'était lourd.

– Si tu peux éviter pute et traînée, ça m'arrange. Et après ?

– Elle est gentille ma mère. Mais plutôt très catho. Y a pas long, j'ai eu le malheur de lui avouer que le frangin s'était amouraché d'une *call girl*. Elle l'a très mal pris, encore plus mal quand je lui ai balancé que ça durait depuis plusieurs mois. J'étais censé le surveiller, ma mère m'a dit qu'elle allait venir. Et elle est venue, presque une semaine. Mais avec Joshua, on a fait style qu'il se passait plus rien. Ça, mentir à ma mère, j'aime pas beaucoup.

– Je comprends.

– Le Josh, avec tout ce pognon qu'il brasse, il a commencé à faire un peu n'importe quoi. Il faisait la bringue, et dépensait sans compter, faisait des cadeaux de plus en plus gros. Il a un peu zappé que la mère avait les codes de son compte bancaire en ligne. Elle m'a cuisiné, et j'ai avoué que ça marchait toujours leur histoire. Elle m'a dit de m'en occuper. Alors je m'en suis occupé.

– Bud ? Ne me dit pas que c'est toi ?

– Ah non, je ne l'ai pas flinguée si c'est à ça que tu penses *coach* ! ?

– T'as fait quoi ?

– Je suis allé voir la p… pardon, *su amor*. Je lui ai dit qu'il n'y avait rien de bien dans leur relation. *Fucking bitch !* Elle m'a ri au nez.

– Et ?

– Elle m'a dit qu'il était libre, qu'il avait le droit de s'amuser. Je lui ai promis de la cogner si elle n'arrêtait pas.

– Putain, Bud…

– En fait, ça s'est retourné contre moi. D'abord j'ai eu la visite d'un certain Aitor Hernandez et d'un pote à lui. Des costauds pas très *funky*. Surtout avec un flingue qu'on t'écrase sur ta nuque. Ils m'ont bien dit de n'pas me mêler de ce qui me regardait pas. Ils m'ont expliqué que mon frère était amoureux et que la *fucking* Sara arrondissait très bien ses fins de mois grâce à lui. Un *business*.

– C'est le maquereau qui est recherché, ça.

– *Yes.* Avec mes séjours en taule, je connais ce genre de mecs, ils sont prêts à tout.

– Comment tu as réagi ?

– J'ai choppé le frangin entre quatre yeux. On s'est engueulé comme jamais. Il était hors de lui que j'ai pu menacer sa copine. Je lui ai parlé de ce fameux Aitor, ça l'a énervé encore plus. Il m'a viré. Il m'a dit casse-toi, je veux plus jamais te voir. Rentre te saouler au pays !

– Rude.

– J'ai vraiment failli rentrer. Mais je ne pouvais pas le laisser tomber.

– Qu'as-tu fait ensuite ?

– Je l'ai surveillé, de loin. J'ai rendu compte à la mère. Mais je me demande si elle n'avait pas déjà quelqu'un d'autre qui la rencardait sur place. J'ai croisé trop souvent un grand type dégingandé.

– Tu me dis tout ?

– Ouais *coach*.

– Et il est où, là, Joshua ? Célèbre comme il est en Espagne, pas facile de se cacher. Sa photo est en 4 par 3 dans tout le nord du pays.

– Tu vas le balancer si je te dis où il est ?

– Le mieux c'est qu'il se livre à la police, Bud. Elle fera son travail et l'innocentera s'il n'a rien fait…

– S'il n'a rien fait ? *Coach* ? Tu connais le frangin. T'as pas confiance en nous ? Y a trop de choses contre lui, il va pourrir en taule. Moi j'la connais la taule, parce que j'ai fait des conneries. Le gosse lui, il n'en n'a jamais fait une. Gamin, il était toujours premier à l'école, il raisonnait tout le monde, jamais puni. Je ne veux pas qu'il y aille, il ne survivrait pas, tu comprends. Je suis prêt à tout.

– C'est flou cette histoire. Laisse-moi lui parler.

– Je vais réfléchir *coach*, je vais réfléchir. Quand je serai vraiment sûr que tu ne diras rien, je te recontacterai. En attendant, je vais chercher qui a tué Sara.

Bud tapa sur l'épaule de Pierre Perlon, laissa quelques pièces pour les deux pressions qu'ils avaient englouties.

– Bud, lança Perlon.

Le malabar irlandais bougea sa carcasse sans répondre. Perlon l'observa longtemps jusqu'au dehors. Bud McKinney s'installa dans un gros pick-up garé face à la gare. Perlon s'en voulait.

***

En anglais.

– Suzan ?

– Oui.

– Je l'ai suivi une bonne partie de la journée, mais rien de spécial, il n'a fait que le tour des copains au village. Quelques magasins. Là il est sur le chemin du retour, à pied.

– Fais-le parler. Occupe-toi de lui.

Le coupé BMW s'était arrêté dans l'obscurité d'une rue déserte, au bord du trottoir, une vingtaine de mètres derrière Eliott Marin. L'homme à l'imper en descendit, pressant le pas. Eliott se retourna. Le grand l'apostropha.

– Suivez-moi s'il vous plaît.

– Quoi ? Tu rêves mec.

– Je suis détective privé. Je cherche à retrouver Joshua.

– Fous-moi la paix. J'ai déjà tout dit aux flics. Je ne sais pas où il est. Et ça n'existe plus les détectives, sauf à la télé.

– Écoute, c'est sa mère qui m'envoie, elle veut l'aider. Et t'aider.

– On s'est mis dans la merde, mais on n'a rien fait. On voulait juste s'amuser. C'est allé trop loin.

– Il faut que tu me dises où il est. Tu ne me laisses pas le choix.

Le grand mec ouvrit sa veste et posa la main sur la crosse d'un flingue pendu dans un holster.

– Si tu ne viens pas je te fume.

Elliot était terrorisé. De peur, il se recroquevilla au sol.

– À l'aide !

– *Shut up!* L'anglais attrapa le jeune joueur par le col, puis dégaina le pistolet et le lui braqua sur le front.

– Je t'en supplie, ne tire pas, ne tire pas.

Elliot finit par obtempérer et monta côté passager. L'homme à l'imper enleva la sécurité du revolver.

11

Mardi matin, Bordeaux

Vers 9 heures, Perlon, qui venait de se fendre d'un sms à Mélissa Marchand, *c'est très con cette histoire, il faut que l'on se voie, je dois vous parler, je suis à Bx,* reçut un coup de fil de la réception de l'hôtel. Un paquet attendait le *coach* à l'accueil. Il demanda à ce qu'on le lui monte avec un café.

Une enveloppe kraft contenait une autre pochette à bulles. À l'intérieur, un DVD dans un boîtier. Au marqueur inscrit sur le disque, un nom : Perlon, numéro 29.

L'entraîneur alluma son PC portable. Une fois le DVD dans le lecteur, Windows Media ouvrait la vidéo sur un mini générique. La bande de défilement du bas de l'écran indiquait que la vidéo allait durer 3 minutes. La première image affichait une photo de Sara Lopez nue, magnifique égérie allongée sur un grand lit double, affublée d'un grand sourire. Puis, quelques secondes plus tard, une photo du cadavre de la prostituée, atrocement mutilée, écrasée sur le sol d'une chambre. Nouveau plan, la Ville de Bordeaux vue du haut, visiblement une image de drone, et une inscription : *client numéro 29, Pierre Perlon.*

Le montage alternait des photos, et des morceaux de vidéos, toujours des plans fixes. Une qualité assez bonne pour que l'on distingue bien les protagonistes. Perlon se reconnut très vite, de dos, puis nu, enfin en pleins ébats avec Sara Lopez Irazabal, dans toutes les positions, les plus gênantes comme les plus fantasmatiques. Plusieurs dates défilaient au fur et à mesure des images. Le *coach* n'en croyait pas ses yeux. Il voyait Sara lui parler, lui murmurer ces mots doux, ou ces mots forts, qui l'avaient tant fait vibrer. Puis un dernier plan.

50 000 euros à virer au plus tard demain matin sur le compte suivant,
IBAN ES91 2100 0418 4502 0005 1332
ou ces images seront diffusées au public.

La vidéo se terminait sur le scan d'un relevé d'identité bancaire appartenant à une banque espagnole. Trois lettres seulement référencées à l'endroit du patronyme.

NMS.

Perlon hésita à revoir la vidéo. Mais la honte qui l'avait envahi l'en empêchait. Il passa sa main plusieurs fois dans ses cheveux courts.

– Merde, merde et merde.

Il s'époumonait dans la chambre. Il jeta violemment la télécommande de la télé qui explosa contre la fenêtre. Au-delà du job et du regard des autres, des yeux de Mélissa, il pensait surtout à ses enfants, à ses ex-femmes prêtes à tout pour qu'il ne les voie plus du tout, alors qu'il avait enfin plus de temps avec eux. Et que diraient Jarï et Pablo en voyant ces images ? Perlon hurlait sa culpabilité, son dégoût.

Payer ? Aucune certitude de ne pas voir la vidéo divulguée. Balancer aux flics ? Le risque de multiplier les sources au courant et donc les fuites. D'un coup il imagina. La vidéo indiquait client numéro 29. Combien de personnes allaient-être victimes de ce racket ? Sûr que l'un d'eux allait parler, ou se faire pincer. Aucun demi-tour possible. Au bout de la route, cette fois, le mur. Perlon, l'incorruptible, n'était qu'un homme, dans toute sa médiocrité.

***

Mardi, 9 heures, institut médico-légal du CHU de Bordeaux.

– Tu es vraiment sûre ? Tu es blanche comme un cachet d'aspirine. Je me demande encore pourquoi j'ai accepté. Tu sais que j'ai dit à l'OPJ[6] de ne pas se pointer, que c'était trop moche… Heureusement il n'a pas insisté.

Le médecin légiste de l'unité médico-judiciaire jetait un regard à la fois inquiet et protecteur vers Mélissa.

– Oui. Merci. Et ne t'inquiète pas. Je n'ai pas pu prendre beaucoup le soleil cet été. Je partirai en janvier. Les îles… Et tu as accepté parce que j'ai pris ton fils en stage !

– Bien sûr que si, je m'inquiète. Si tu tournes de l'œil dans le labo alors que je n'ai pas le droit de t'y faire entrer, je vais prendre un sacré saxo.

Quelques secondes de silence.

– Et au fait, tu vas où en vacances ?

Mélissa ne répondit pas. Sa respiration s'accélérait. La boule au ventre prenait de plus en plus de place. La jeune journaliste enfila la combinaison bleu ciel, le masque et les gants, fournis par le doc. Les Crocs blancs au pied, elle suivit Jean-Michel Rastan, pas à pas dans les couloirs de l'institut médico-légal bordelais. Le couloir de la mort.

Le légiste poussa un premier rideau de portes battantes, puis sortit un badge pour ouvrir une grande porte deux mètres plus loin. Cette dernière débouchant sur une grande pièce rectangulaire. Là, se trouvaient éviers, vestiaires personnalisés et un bureau. Au bout de cette pièce, une nouvelle double porte, avec un carreau vitré de chaque côté. Derrière les carreaux, le noir complet.

– Nous y voilà, lança le médecin légiste. L'homme de taille moyenne, le cheveu poivre et sel, lunettes rondes,

6- Officier de Police Judiciaire

ouvrit son casier et y pris une sacoche visiblement assez pesante.

Sur le mur de la pièce, un panneau : « Ne pas sortir de la salle d'autopsie avec la combinaison ».

– Alors, que je t'explique vite fait, et que l'on s'y mette rapidos, parce que ça va durer et qu'on n'a pas la journée. Ça va se faire en deux phases, examen complet en externe, puis examen complet en interne. On va examiner, puis découper. Si t'as résisté au premier round, tu devrais dégobiller au second. Prête ?

L'homme avait un rictus figé.

– On y va docteur Mabuse ! Mélissa tentait de se rassurer.

Le légiste ouvrit la porte. Un nouveau sas.

– C'est Alcatraz, lança Mélissa.

– Personne ne tente pourtant de s'évader d'ici, c'est le terminus, rétorqua le doc.

Une fois la lumière allumée, la journaliste découvrit une petite pièce avec des grandes poubelles et un banc.

– Au retour, c'est ici que tu jetteras ta combinaison et ce qui va avec.

Rastan ouvrit une énième porte, découvrant un très grand laboratoire, d'au moins 50 m^2. Pour Mélissa, l'odeur pestilentielle émanant du lieu fut un premier choc. Elle eut un haut-le-cœur. Les néons mettaient du temps à s'allumer. Leurs clignotements obligeaient les yeux à se plisser.

– Pourtant, je t'assure, on essaie tout pour combattre les mauvaises odeurs. Si besoin, le seau est juste là. Les serviettes en papier là-bas.

À la vue de cette housse laissant deviner un corps sans vie, placée sur une table métallique et mécanique au centre de la pièce, Mélissa ne put se retenir. Elle eut juste le temps d'enlever le masque pour vomir au-dessus d'un seau. La tête baissée, elle mit une trentaine de secondes à se relever. Le teint cadavérique.

– Tu peux encore faire demi-tour… Ce n'est pas toi que je veux autopsier…

– Très drôle. Blurp. Ça va, ça va.

– Bon, première partie. On va examiner tête, tronc, membres. Par quoi veux-tu que l'on commence ? Le légiste s'approchait du corps et de la fermeture éclair de la housse.

– Et sinon, toi ça va ? lança difficilement la reporter.

– J'en débarbouille deux ou trois par semaines des cadavres. Faire parler les morts, c'est une partie de mon métier.

Tout doucement, le doc ouvrait la housse, d'abord de ce qui devait être la tête vers le torse. Mais la silhouette sous le plastique était difforme. Un bruit sourd rompit soudain le silence, venu de derrière Mélissa. Elle sursauta et bondit sur le côté, les yeux écarquillés. Un homme en blouse venait d'entrer rapidement dans la pièce, usant d'un pied et d'un coude pour ouvrir la porte. Avec la bouche, il s'aidait à enfiler un gant sur la main de son autre bras.

– Je ne t'attendais plus, lança le légiste. Ma chère, voici Jasper Lanvin, expert anatomiste, qui va nous aider dans cette tâche. Jasper, je te présente Morticia Addams.

Les deux hommes se mirent à pouffer. Le médecin ne laissa pas le temps à Mélissa d'ouvrir la bouche.

– Rassure-toi, il est au courant ; il n'a personne à envoyer en stage, il voudra juste t'inviter à dîner. C'est Jasper qui a préparé le corps.

D'un coup sec, l'infirmier tira les bords de la housse découvrant le corps atrocement mutilé. Malgré son assurance initiale, il eut un petit geste de recul. Pour Mélissa ce fût un second choc. Les quelques photos collectées de Sara Lopez Irazabal montraient une femme si belle, si charismatique, que l'amas de chair noircie et tordue étalée sur le métal froid lui tira un cri d'horreur.

– Je vais parfois m'enregistrer durant la procédure d'autopsie Mélissa, si je pouvais ne pas t'entendre...

Le médecin ouvrit sa petite sacoche. D'une poche extérieure, il sortit un dictaphone. D'une poche ventrale, il extirpa un bistouri, des pinces, une loupe et quelques ciseaux aux formes étranges. Tandis que le préposé adjoint finissait d'extirper le corps de son emballage, le doc s'approcha d'un évier. Sur le rebord, d'autres outils médicaux alambiqués que l'imagination de Mélissa transforma rapidement en instruments de tortures. Elle avait vu deux épisodes de *Games of Throne* la veille au soir. La reporter trouva la force de sortir carnet et stylo. Elle jetait un œil panoramique à la pièce. Elle s'aperçut enfin que dans le mur de droite s'encastrait une colossale armoire métallique à casiers, avec douze énormes tiroirs. Elle imagina les corps froids à l'intérieur. Jean-Michel Rastan commençait à palper le cadavre. Mélissa était encore à six bons mètres.

– Approche. Je vais t'expliquer.

La jeune femme eut du mal à faire le premier pas. Elle était incapable de regarder en direction de la table. Elle eut un nouveau haut-le-cœur, mais plus rien à vomir. Une fois à portée de vue, la journaliste fixa enfin la face de la victime. Les trois-quarts du visage étaient carbonisés. Seuls un œil, la pommette et quelques cheveux fondus sur le front apparaissaient encore.

– Ça, c'est la partie du visage qui était contre le sol, murmura le légiste. Je le sais, parce que je suis allé sur place, bien évidemment, lors de la levée du corps. Dans vos journaux vous avez expliqué qu'elle avait été retrouvée dans son lit, mais elle était allongée sur le sol, les pieds et mains liés ensemble, vers l'arrière. C'est ce que tu peux voir. Rigidité *post mortem* oblige, seuls les bras et les jambes, ou ce qu'il en reste, sont encore pliés vers l'arrière. On l'a brûlée alors qu'elle était attachée… Est-elle morte de ça ? C'est ce qu'on va essayer de comprendre. Par contre, c'est bien sous le lit qu'on a retrouvé une paire de chaussettes d'hommes. Qui *a priori*, selon l'OPJ, appartient à un des suspects, le dénommé Joshua McKinney.

Mélissa allait parler, ou tenter de parler, mais portant sa main vers sa bouche, bistouri avec, le légiste lui fit signe de silence. La journaliste se contenta d'avaler sa salive, difficilement.

– C'est le premier élément retenu par le procureur. Le test ADN est demandé sur ces chaussettes de marque irlandaise.

Rastan continuait son œuvre. Aidé par Jasper, il retourna le corps pour le poser sur le ventre. Une moitié du tronc était complètement noircie et réduite en volume. Mais sur l'omoplate encore visible, un tatouage.

– Une croix basque, lança Jasper.

– C'est le premier point qui nous a guidé vers l'identification. Sara Lopez avait bien une croix basque tatouée sur l'omoplate droite.

Tous deux étaient désormais complètement impliqués dans leur examen, multipliant les procédures. Ils semblaient avoir oublier Mélissa. Le binôme tentait en vain de redresser les membres tordus. L'une des jambes finit par craquer. La reporter avait désormais les yeux rivés sur ce corps dépouillé. Du haut de ses 28 ans, elle n'avait jamais vu une telle abomination. Le légiste approcha un spot lumineux près du corps. Il appuya de nouveau sur la touche REC de son dictaphone.

– C'est un produit de type alcool à brûler, reconnaissable à l'odeur, qui est à l'origine des brûlures. Pas de traces de sang apparentes sur ce qu'il reste de chair. La partie abdomen/bas ventre/sexe, reste intacte. Le vagin semble contenir des traces de sperme. Nous prélevons et incluons dans les analyses ultérieures à effectuer. Mais aucune ecchymose n'est à signaler au niveau de la face interne des cuisses. Aucune fracture, en tout cas antérieure à la nécropsie, n'apparaît. Une confirmation puisque le dossier médical de Sara Lopez Irazabal n'en révèle point. Un dossier, bien maigre, que nous avons seulement reçu hier soir et que nous avons eu bien du mal à récupérer des autorités espagnoles. Il ne s'avère pas nécessaire d'avoir recours à une radiographie ou un scanner. Il semble cependant que plusieurs éléments, comme la couleur de la peau, entre verte et marbrée, ou la température rectale profonde du corps, démontrent une datation de la mort antérieure à celle initialement annoncée. Nous allons passer maintenant aux dissection et éviscération.

***

Sur la route entre Sarlat-la-Caneda et Bordeaux.

– Il m'a raconté la soirée dans les moindres détails, les derniers moments. Je lui ai bien foutu la trouille au môme. Du déballage grand format. Je vous enverrai ça par mail. Eliott a confirmé que Joshua a terminé la nuit avec la morte. Il avait pris des photos d'eux avec son Iphone durant un apéro en début de soirée et même après, pendant leur partouze. Même une vidéo. L'abruti. Mais les flics n'ont pas pu vérifier son portable, il ne l'avait pas amené lors de la garde à vue. J'ai tout effacé.

– Je savais que cette fille lui amènerait des problèmes.

– Oui, sauf que si vous permettez, c'est elle qui en a eu des problèmes. Et elle n'en n'aura plus *a priori*.

– Il t'a dit où Josh se cache ? Son abruti de frère l'a laissé partir dans la nature.

– Franchement, je pense qu'il ne le sait pas. Mais il m'a peut-être mis sur une piste.

– Percy, trouve-le et trouve toutes les preuves qui pourraient être accablantes contre lui.

– Je m'y atèle, Suzan.

***

Perlon tournait dans sa chambre comme un lion en cage. Il venait de rabattre l'écran de son ordinateur. Il avait fini par faire le choix, payer 50 000 euros. Il espérait gagner du temps.

Il composa le numéro pour joindre Bud.

– Bud ? Tu m'as dit que ton frère était amoureux fou de Sara ?

– Oui *coach*, raide dingue.

– Au point de se venger si quelqu'un l'avait tuée ?

– Il n'a que vingt ans, alors il est capable de tout par amour, le mioche. Il n'avait jamais été amoureux comme ça.

– Tu ne veux toujours pas me dire où il est ?

– Non, *coach*. Tout simplement parce que je ne sais pas où il est… J'ai honte. J'ai essayé de le joindre, j'ai tenté tous les endroits où il pouvait être caché, mais moi, son propre frère, censé le protéger, je suis incapable de savoir où il est.

– Quoi ? Mais hier…

– J'ai menti. J'ai bien réfléchi cette nuit. Je vais me livrer. J'ai appelé la police, je leur ai avoué l'avoir tuée. Ils laisseront mon petit frère tranquille. Et ça fera plaisir à ma mère.

– Attends ! Je sais peut-être où il est ! Sara m'amenait dans une cachette lorsque l'on sortait ensemble. Elle y a sûrement emmené Josh, il s'y cache peut-être !?

– Alors ne dites rien à personne *coach*.

Bud raccrocha.

***

« Dissection et éviscération ». Ces mots avaient eu l'effet d'une tornade dans les entrailles de Mélissa. Elle cherchait une chose sur laquelle s'appuyer. Ces derniers mots du docteur lui avaient donné des frissons et le tournis. Elle ne reconnaissait plus son ami, si chaleureux et enjoué à l'accoutumée. Il était entré dans une sorte de danse de la mort. Dans les quelques temps de réflexion que lui laissait sporadiquement son cerveau, Mélissa se dit qu'elle ne verrait plus jamais Jean-Michel comme avant. Un sorcier en incantation, un rituel barbare. Elle n'espérait qu'une chose, en finir au plus vite. Elle recula d'un pas. Le légiste avait saisi un scalpel. Il l'enfonça profondément dans le thorax pour une incision interminable.

– Jasper, nous allons commencer par le cœur.

Le docteur plongea les mains dans le corps. Mélissa ne put retenir de vomir dans son masque. Elle faillit tomber. Les deux hommes sursautèrent et levèrent les yeux vers elle. Jasper se précipita. Il aida la jeune femme à se défaire de son masque noyé par la bile. Il l'accompagna dans la pièce d'à côté.

– Restez là, ce sera mieux. Ne bravez pas l'interdit, évitez de revenir. Ce qu'il y a à voir maintenant n'est vraiment pas fait pour le commun des mortels, croyez-moi. Je sais de quoi je parle. Une fois que vous aurez mis la combinaison dans la poubelle, passez dans l'autre pièce, buvez et remettez-vous.

– Je veux rester, je dois aller jusqu'au bout.

– Ce n'est pas raisonnable. Rien ne vous y oblige. Et désormais, vous nous gênez dans notre travail.

Mélissa n'insista pas. Elle s'assit sur le banc. Jasper repartit dans la salle mortuaire. Au bout d'un petit moment, elle se releva, et se plaça derrière la porte, voyant l'examen depuis le carreau. De loin, elle aperçut le légiste s'arrêter, semblant soucieux. Elle entendait au loin.

– Le contenu gastrique de la victime n'apportera des certitudes qu'après des analyses toxicologiques et histologiques. Son état ne permet rien à l'œil nu.

Les deux scientifiques persévéraient dans leur inventaire. Mélissa les vit même sortir des organes du corps pour les peser sur une balance attenant à un évier. Jean-Marie se mit à froncer les sourcils. Il reprenait son monologue.

– Le dossier médical de Sara L. révèle une opération datant de quatre années, concernant une hystérectomie. Notons d'ailleurs que nous n'avons dans ce dossier aucune notification au-delà des cinq dernières années. Je reprends. Le cancer de l'utérus et l'ablation de ce dernier est plus fréquent chez les prostituées, le cas de notre victime. Or, après examen approfondi, l'utérus de la victime semble bien en place. Pas de trace d'opération à ce niveau. Par contre, j'ai prélevé du sperme qu'on va analyser.

Mélissa continuait à écouter, sans regarder. L'exploration, commencée deux heures plus tôt, dura encore une bonne demi-heure. Pour finir, le médecin légiste glissa à Jasper Lanvin de « recoudre » et de « maquiller » tout ça au mieux. L'assistant s'affaira, tandis que le docteur s'approcha de la porte derrière laquelle se trouvait Mélissa.

– Tu es encore là ?

– Aux Maldives. Je vais partir aux Maldives, en janvier.

Le médecin sourit.

– Dur dur n'est-ce pas. Je te rassure, ça fait 18 ans que je fais ça, et je ne m'y fais toujours pas.

– Pourtant, tu avais l'air dans ton élément.

– Il faut bien que quelqu'un le fasse. Mais je soigne aussi des vivants ! Bon, ce que je peux te dire, c'est que j'ai de gros doutes. L'évidence du tatouage, les vêtements portés, et surtout le témoignage de l'amie de Sara certifiant l'identité, nous ont peut-être conduits dans une mauvaise direction. Nous avons présumé.

– Que veux-tu dire ?

– Je répète, j'ai des gros doutes. Pas mal de signes. En plus de toute une batterie d'examens, notamment pour voir si notre cliente n'a pas été empoisonnée, je vais demander un test ADN sur ce corps. Nous ne l'avions pas fait. Et je vais, dès cet après-midi, alerter l'odontologiste, l'expert en dentition. On doit récupérer le dossier dentaire de la victime. Pour une fois, Mélissa, c'est moi qui vais te poser une question, mais attention, elle entraînera un embargo, tant que je ne donnerai pas le feu vert : et si ce cadavre n'était pas celui de Sara Lopez Irazabal ?

***

Pierre s'habilla en vitesse. Il dégringola les étages du luxueux hôtel de Sèze par les escaliers. Il indiqua à la réception qu'il s'absentait, et que si on le cherchait, il avait pris la route vers le Pays basque. Mais il gardait la chambre pour le soir. Une fois au parking Tourny, il jeta sa veste sur la banquette arrière. Les boulevards le long de la Garonne, puis très vite la rocade et une fois après Talence, l'autoroute pour le sud, via l'embranchement Arcachon/Bayonne.

Arrivé à proximité de Bayonne, 1 h 45 plus tard, le GPS envoya Perlon sur la route du Pays basque intérieur. Première étape Ustaritz, puis Cambo-les-Bains. Un panneau touristique vantait les charmes de la Maison Arnaga, musée Edmond Rostand. Puis au fur et à mesure que le véhicule avalait l'asphalte et que les montagnes devenaient de plus en plus imposantes, d'autres panneaux : La Rhune, *suivre Espelette* ; Dantcharria, *suivre Espelette.* « Tous les chemins mènent à Espelette », susurra Perlon.

Le ciel étalait tout son bleu, comme si un peintre avait jeté un pot de cyan au plafond, le soleil reflétait de mille feux sa force automnale sur les vitres du véhicule. La température était encore haute pour ce mois d'octobre. 20° sur l'écran de l'ordinateur de bord.

Avant le village de Louhoussoa, un panneau indiquait « La ferme aux lapins ». Lapins comme ceux que posaient Marchand, pensa Perlon. Il se remémorait le nombre de fois où elle l'avait fait tourner en bourrique, deux ans auparavant. Et comme un symbole, la radio *RTL2* déroulait la chanson de Vanessa Paradis : « *Dès que j'te vois* », en plein au moment du refrain « Est-ce que si on l'avait fait, On se ferait l'effet, Que l'on se fait chaque fois ». Perlon eut juste le temps de sourire, avant que la radio ne se mette à crépiter, à se brouiller puis changer automatiquement de fréquences : cette fois on parlait une autre langue. Le *coach* crut d'abord à de l'espagnol, avant de réaliser que toutes les radios disponibles étaient basques. *Gure Ir, Irulegi, Euskadi 1.* Avant de voir taguer le long de la route sur un arrêt de bus. « Amnistia Oran Orain » et « Independenza ». Un coup d'œil au smartphone, aucun réseau. Il fit la moue.

La route s'enchaîna, Saint-Martin-d'Arossa, la route des fromages, Eyheralde, hameau ou lieu-dit, « bordélique » pensa Perlon. Des maisons en désordre extérieur. Cette fois, en-dessous des deux montagnes en forme de mamelons, Saint-Étienne-de-Baïgorry se faisait carrefour des destinations. Banca, Aldudes, Urepel ou Pamplona, Eugi et Quinto Real étaient les directions qui s'ouvraient à Perlon. Le *coach* se rappelait du bourg de Banca. Il avait crut à l'époque que la ruine à l'entrée symbolisait les restes d'un ancien château fort. Il s'agissait en fait d'anciennes mines de cuivre. C'est Sara qui le lui avait expliqué. Les images de la vidéo reçue lui hantaient la tête. Vint le village des Aldudes, au cœur de la vallée éponyme. Rarement la rivière et la route ne s'étaient quittées, la Nive des Alduldes proposant aussi ses particularités : des retenues d'eaux faites par l'homme pour l'élevage des truites.

Une fois à Urepel, le GPS de Perlon ne répondait plus. Il hésita un instant mais prit à droite sur un petit pont de pierre, presque au fond du village. La voiture s'engouffra sur un chemin bitumé mais crotté. À droite, le vide se faisait de plus en plus profond au fur et à mesure des lacets. Deux fois à la suite, à des croisements de la route avec des chemins de terre, Perlon observa pour se remémorer. Il continua jusqu'en haut du sommet. Un vieux panneau à moitié rouillé, portait seulement en langue basque cette inscription : « Iturri bat ur garbitan delakotz erreka huntan bederen hamar etxetan edaten da hortabikan ez bota undarkinikan milesker aitzinetikan (7) ». À voix haute, Perlon souffla : « donc si on me prévient d'un champ de mine, je ne le sais pas… »

Au sommet, après avoir laissé une bergerie dénommée « California », récemment rénovée, deux routes se proposaient : une conduisant visiblement vers l'Espagne selon le système de navigation embarqué qui avait retrouvé grâce auprès des satellites, et un chemin descendant vers le flanc droit de la montagne. D'abord hésitant, Perlon engagea le véhicule sur cette voie. Le colimaçon finit par redevenir plat, pour aboutir dans une mini vallée entourée

7- Merci de ne pas jeter des déchets dans la rivière car au moins dix maisons boivent de l'eau de celle-ci.

de montagnes et complètement recouverte par des arbres immenses.

Il reconnaissait l'endroit.

Pierre Perlon gara le break Audi en lisière de forêt, au carrefour de la petite route goudronnée -visiblement il y a très très longtemps- et d'un petit chemin de terre, labouré par les roues des tracteurs. Les ornières étaient remplies d'eau. Perlon s'avança le long du petit chemin de terre. Après quelques pas, il sursauta. Le bruit de la fermeture automatique des portes de la berline allemande se signalait par un vacarme du diable. Il mit les deux pieds dans une flaque. « Merde », lâcha-t-il en voyant ses bottines cuir Varvatos recouvertes de gadoue. Il vérifia quand même dans la poche de son Loden qu'il avait bien le bip du véhicule. C'était le cas. Le bas du pantalon était déjà lui aussi gorgé de boue. Sur le chemin, en plus des mares, il fallait éviter les centaines de châtaignes et leurs bogues explosées sur le sol. Plusieurs petits tas de bûches alignées étaient disséminés en bordure de la voie. La fraîcheur émanait des sous-bois, comme le frémissement du cours d'eau. L'ancien *coach* boutonna sa longue veste pour contrer le petit vent frais. Au loin, il aperçut les contours de l'ancien moulin, solide demeure, pourtant minuscule à l'échelle des montagnes en arrière-plan. Aucune voiture aux alentours. Mais un nuage de fumée s'échappait de la cheminée.

Perlon poursuivit sa marche en direction du bâtiment tout en restant le long du bois. Mais le camouflage naturel s'arrêtait là. Le chemin quittait la forêt, et jusqu'au moulin, creusait désormais ses sillons au travers d'une clairière. Il freina son avancée pour évaluer le découvert et prit le parti d'avancer en s'accroupissant. Il sursauta une nouvelle fois quand une perdrix décolla du fossé puis poussa un soupir, tout en continuant sa marche en canard. Il stoppa à cinquante mètres, derrière un taillis plus épais, pour observer la partie, *a priori* habitée, de l'ancien moulin. Le soleil avait disparu, le jour laissait peu à peu place au crépuscule. Au bout d'une vingtaine de minutes, il vit une lumière jaillir de l'obscurité de la maison. Elle émanait de deux fenêtres du rez-de-chaussée, disposées chacune de part et d'autre d'une large porte d'entrée, qui elle aussi laissait passer la clarté artificielle à travers ses carreaux de verre. Le ruissellement de la rivière se faisait plus présent, laminaire. La fraîcheur envahissait l'atmosphère. Il faisait désormais nuit, même si la lune ondulait un faisceau blanc vers la terre. Perlon s'accroupit pour marcher jusqu'aux abords d'un petit muret, haut comme trois pierres, délimitant le terrain du domaine. Puis il avança jusqu'à la grande porte en bois de la grange attenante. Épaules contre la paroi, l'*ex-coach* se glissa jusqu'à l'encadrement d'une première fenêtre. À l'intérieur, face à un évier, une jeune femme brune. Derrière elle, une farandole de flammes dans la cheminée. La jeune femme, habillée d'un bas de survêtement gris et d'un débardeur du même coloris, se tourna légèrement vers la cheminée, montrant le dos aux fenêtres et à Perlon. Ce dernier n'eut plus de doutes : une partie d'un tatouage en forme de croix basque ornait l'omoplate droite de la jeune femme.

12

URGENT
[Meutre] – [Hendaye] – [Bordeaux] – [Football].
Les services de police français annoncent avoir recueilli les aveux d'un homme dans la cadre de l'affaire Sara Lopez Irazabal. L'homme aurait indiqué vouloir se rendre « dans les heures à venir ».

La dépêche secoua la rédaction d'*Aquitaine Éclair*. Mélissa Marchand, chamboulée par l'autopsie du matin, n'avait pas encore rallumé son portable. Elle s'y attela. Plusieurs messages, dont celui de Pierre Perlon.

Elle essaya de le rappeler. Injoignable.

Mélissa s'intéressa à Nahïa, la femme qui avait retrouvé Sara. Elle était avec la petite fille de Sara, ce jour-là. Angel,

7 ans. Elle entreprit de la retrouver. Elle se remémorait les mots du docteur Rastan : « Et si ce corps n'était pas celui de Sara Lopez Irazabal ? ». Elle se rappelait aussi l'embargo : impossible de trahir le secret, de trahir l'ami Jean-Michel, même si le *scoop* était énorme. Il fallait qu'elle retrouve Nahïa. C'est peut-être par ce biais qu'elle trouverait une solution. Selon ce qu'elle avait déclaré aux policiers, la jeune femme habitait Irun, ville espagnole frontalière, collée à Hendaye. Elle avait gardé la fille de Sara la veille et la lui ramenait, quand elle avait découvert la scène macabre. Elle s'était montrée formelle : Sara était bien la victime.

Mélissa se déplaça jusqu'au bureau du secrétaire de rédaction chargé de monter la page où elle devait écrire l'article sur l'autopsie. Elle lui demanda si elle pouvait reporter le papier. Ce qui arrangeait le collègue, qui ne savait plus où placer la pub.

Elle fit le tour de ses contacts et réussit à joindre le commandant Stéphane Boulanger, via *Messenger*.

Dites, vous pourriez me dire où trouver exactement Nahïa Gonzalez ?

Dans les cinq minutes :

On voulait la laisser se reposer ce week-end et la voir hier matin pour plus d'informations. Mais elle n'est pas venue à la convocation.

La conversation via clavier de smartphone s'accéléra.

Et la môme ?

Elle devait être avec elle, elle la connaissait bien. La gamine était accrochée à elle. Madame Gonzalez s'est proposée de la garder en attendant qu'on puisse la remettre à la famille qui habite en Espagne, on n'a pas vu d'urgence...

Vous n'avez aucun doute sur elle ?

On commence à en avoir de sérieux, oui.

Après avoir prévenu le rédacteur en chef, la jeune responsable de la rubrique se détermina à partir vers Hendaye, pour une première étape sur les lieux du drame. Le patron lui avait rappelé qu'elle était responsable des sports, pas des faits divers. Mais il savait aussi que quand Mélissa avait quelque chose en tête, il ne fallait pas l'arrêter.

***

Pierre Perlon se décida à sortir de son anonymat. Il se releva en poussant rapidement sur ses deux jambes. Très vite posté devant la massive porte d'entrée en bois, il saisit la poignée pour tenter d'ouvrir. Il entendait la musique beaucoup plus fort désormais. Le son augmentait en pression en même temps que les ténors poussaient le *Nessun dorma*. La porte était fermée à clef. Il se décala rapidement devant la fenêtre de gauche pour être vu. La jeune femme avait fait volte-face. Elle regardait en direction de la porte. Puis de la fenêtre, quand Perlon approcha son visage contre la vitre.

– Sara, ouvre-moi !

La jeune femme était médusée. Pétrifiée comme face au légendaire Basilic.

– Ouvre-moi, je t'en prie. Je ne suis pas là pour te balancer.

Sara Lopez Irazabal tourna les talons et se mit à courir en direction des escaliers. Perlon enleva son chèche pour l'enrouler autour du poing. Il frappa de toutes ses forces dans un carreau de la fenêtre. Puis il passa la main pour ouvrir depuis l'intérieur. Il poussa les deux battants et se hissa dans la maison. Malgré les ténors en fond sonore, il entendait des bruits de pas lourds au premier étage. La femme courait encore. Il se précipita vers l'escalier. Il soupçonnait le bruit d'une conversation. Une fois sur le palier, il eut juste le temps de voir voler un vase en sa direction, qui s'écrasa en mille morceaux contre le mur derrière lui. Puis une porte se fermer. Ils se rua vers elle. Il entendit encore, en langue espagnole, « viens vite, il y a quelqu'un à la casa ». Perlon mit un énorme coup de pied pour faire voler en éclat la serrure de cette porte de chambre. Il vit alors la jeune femme bondir sur lui comme une tigresse. Il sentit des ongles se planter dans son bras et reçu un énorme coup de tête qui lui fit exploser le nez. À moitié groggy, il réussit quand même à saisir la cheville de la fille qui tentait de s'échapper. Il la fit tomber sur le sol.

– Sara ! Sara ! Sara ! arrête-toi, c'est moi Pierre !

– Lâche-moi salaud. Lâche-moi, *hijo de puta* !

La jeune femme se jeta sur lui comme une furie pour tenter de lui saisir les cheveux qu'il avait opportunément courts et sans prise. Cette fois, le *coach* plaça un énorme uppercut qui fit claquer la mâchoire de l'amazone. Elle s'étala de tout son long.

Pierre Perlon reprit son souffle. Il saisit une serviette dans la salle de bain attenante pour s'essuyer le visage de tout ce sang coulant de son nez. Il finit par mettre deux cotons dans chaque narine. Il avait affreusement mal. Des picotements horribles. Il retourna la jeune femme sur le ventre et lui mit les mains derrière le dos. Un téléphone tomba de la poche du bas de survêtement. D'un coup d'œil, il vit qu'elle venait d'appeler un certain « amor ». Il lui enleva les baskets qu'elle avait aux pieds et en extirpa les lacets pour lui attacher les poignets. Il trouva une ceinture sur une chaise dans la chambre pour lui lier les chevilles. Perlon s'arrêta une minute pour changer les cotons de son nez ruisselant. Puis il assit la fille sur une chaise. Elle était toujours KO, la tête ballante. Mais il commença à lui parler.

– Pourquoi Sara, pourquoi ?

Elle ne répondait pas.

– Mais bon sang, tu aurais pu m'ouvrir en me voyant, je ne t'ai jamais fait de mal.

La femme releva doucement la tête, un rictus sur le visage. Le dessous du menton était bleui. Elle ouvrit la bouche et lui cracha du sang au visage. Elle se mit à hurler.

Perlon saisit la serviette et lui fourra dans la bouche. Elle se débattait, tentant d'arracher ses liens. Le *coach* la fit tomber de côté sur le sol. Elle se mit à sangloter.

– Mais calme-toi merde !

Perlon lui enleva la serviette de la bouche. Profil contre terre, elle chuchotait.

– T'es qu'un salaud comme les autres Perlon ; tu m'as baisée, gratuit, pour me laisser sur le tapis. Tu ne vaux pas mieux que tous ces enculés. T'es qu'un beau parleur.

– Je ne t'ai jamais rien promis Sara. Rien. C'était bien tous les deux, ça s'arrêtait là.

– Les « je vais te sortir de là », « ta vie va changer ». C'était juste pour bien éjaculer hein ? Je t'ai même ouvert la porte de cette maison. Va te faire voir fumier. Laisse-moi !

Sara se remit à hurler.

– Arrête bordel ! Est-ce que Joshua est avec toi ? Il est là ?

Un bruit de clef. La porte du bas s'ouvrit brusquement. Quelqu'un courrait désormais vers l'escalier. La lumière s'éteignit. Perlon bondit. Il jeta un œil à droite et à gauche. Il se saisit de la lampe de chevet en métal sur la table de nuit à proximité. Il revint dans le couloir pour faire face au danger. Au-dessus des escaliers il devina un homme svelte et carré qui venait d'avaler les marches. Deux billes blanches le fixaient. Dans ses mains, un fusil de chasse braqué vers l'avant. À cette vue, Perlon tenta un demi-tour pour revenir dans la chambre. Une détonation déchira la nuit. Le *coach* sentit plusieurs piqûres dans son bras gauche. Il passa sur le lit et se précipita vers la fenêtre pour l'ouvrir. Au moment où il enjamba le rebord pour sauter, il entendit un deuxième coup de feu. Son corps tressaillit. Perlon pouvait sentir chaque impact de plomb envahissant sa chair. Dans son élan, il réussit à basculer par-dessus le parapet. Il s'écrasa lourdement sur le sol terreux.

D'un coup, les pleins phares d'un véhicule éclairaient désormais toute la façade de la maison. À la fenêtre, l'homme au fusil se plaçait une main devant les yeux pour tenter de voir le corps de Perlon. Le chauffeur descendit promptement de la voiture aux phares et s'approcha du corps de l'ex-entraîneur. Il prit ses deux bras pour tirer son corps vers lui. Une nouvelle déflagration vint du haut. Le tireur venait de canarder à l'aveugle, vers l'un des phares, qui explosa. L'homme venu à la rescousse hissa Perlon vers lui et le prit sous son bras. Le *coach* était groggy, souffrant mais vivant. Il décelait de larges mains qui venaient de le saisir, et une odeur de bière caractéristique.

– Bud!? C'est toi Bud?

Bud McKinney fit basculer le corps de Perlon dans le plateau arrière du pick-up. Puis se dirigea vers son poste de conducteur. Le tireur avait disparu de la fenêtre du premier étage, mais il réapparut très vite dans la cour du rez-de-chaussée. L'homme élancé et bondissant mit en joue. Bud enclencha la marche arrière. L'équipage prit une nouvelle bordée de plomb dans le pare-brise. McKinney réussit à faire un demi-tour dans la cour. Le départ en trombe ne couvrit pas le bruit sourd d'une énième rafale. La voiture fit une embardée, un pneu visiblement crevé. Mais le pick-up sortit de la propriété. Bud McKinney était pied au plancher. Au bout de quelques minutes de route, et après un coup d'œil dans le rétroviseur, il stoppa net la voiture. Il descendit prestement pour juger de l'état de Pierre Perlon.

Le *coach* agonisait, à demi-conscient. Il grommelait les prénoms de Jaï et Pablo. Le sang avait imbibé tout le côté droit de son Loden. Le pantalon semblait également rougi par les globules libérés de leurs veines. Le bras gauche avait une courbe anormale. Visiblement, une fracture consécutive au saut du premier étage. Bud essaya de murmurer à l'oreille de Perlon.

– Pierre, c'était qui ?

Le *coach* ne répondait pas. Inconscient.

Le temps semblait compté. Bud souhaitait rejoindre l'hôpital le plus proche mais un coup d'œil au pneumatique arrière gauche l'avisa d'un pneu déchiré. Il avait roulé sur la jante. Il se décida à changer le pneu, tout en lançant un regard inquiet vers la route. Mais personne ne semblait l'avoir suivi. Il jeta un œil vers Pierre Perlon. Il ne bougeait pas. Bud remonta la départementale 948 jusqu'à Saint-Étienne-de-Baïgorry. Là, il chercha d'abord une pharmacie, mais aperçut un panneau « maison de santé pluridisciplinaire ». Il s'y dirigea. Une fois devant cette grande bâtisse, qui avait tout d'une ancienne gare, Bud descendit Pierre Perlon du van. Il avait perdu pas mal de sang. McKinney ouvrit la porte d'entrée. Il cria très fort, « sauvez-le ! ».

Il n'attendit pas qu'on vienne. Il déposa l'ex-entraîneur et reprit la route pour repartir de là où il venait.

***

À Irun, mardi fin de journée.

Malgré la circulation naissante, Mélissa n'avait pas eu de mal à sortir de l'autoroute au niveau du péage de Biriatou. Elle avait choisi de longer la Bidasoa jusqu'au Pont International, via la route de Behobie. En tournant à gauche, et en franchissant le bras d'eau, la jeune reporter arriva au rendez-vous des célèbres *ventas* espagnoles, prisées par d'innombrables Français puisant abondamment dans les stocks d'alcools et de cigarettes. Puis la demoiselle s'enfonça dans les rues du bourg, jusqu'à l'adresse donnée par le capitaine Stéphane Boulanger. Une fois passée l'imposante zone ferroviaire, base considérable de fret, Mélissa arriva dans un petit quartier résidentiel, Rey Fernando Kalea. À la maison indiquée, un nom différent. Elle sonna à la porte, et une vielle dame apprêtée en sortit, sous un parapluie multicolore. La conversation ne dura que quelques instants. L'octogénaire n'avait jamais vu ni jamais entendu le patronyme de Nahïa Gonzalez.

Mélissa jeta un œil aux maisons à proximité, questionna les habitants, mais là encore, aucune Nahïa Gonzalez. La journaliste, sous une eau du ciel de plus en plus abondante, décida de quitter Irun, et de prolonger son voyage en Hegoalde[8], vers San Sebastian, par l'autoroute.

8- La partie sud du Pays basque en territoire espagnol.

La jeune femme sortit de sa bulle. Via la radio, et de ce qu'elle pouvait en comprendre, les panneaux revendicatifs ou les banderoles dans les rues, elle comprit que l'affaire McKinney n'était pas la principale information du moment en Espagne : l'actualité était également marquée dans la région par la fin définitive de la lutte armée au Pays basque, le « désarmement total » de l'ETA effectué récemment en Iparralde[9]. L'organisation avait même révélé de nombreuses caches d'armes. Sous un soleil qui se substituait à la pluie plus elle descendait vers le sud, Mélissa fit un tour vers le stade d'Anoeta, sans oublier de faire un large détour vers la plage de la Concha, puis poussa jusqu'à Lasarte-Oria et Zubieta, centre d'entraînement du club de San Sebastian. La reporter scrutait, pensait, imaginait.

Joshua McKinney. Vingt ans, véritable idole des supporters du club de San Sebastian. Des affiches en 4x3 partout dans la ville, inondant non seulement la province de Gipuzkoa mais aussi la Navarre, l'Alava et Bizkaia, avec son image plein pot dans le cadre publicitaire, sans crainte de rivaliser avec les clubs locaux de Pampelune, Vitoria et Bilbao. Le regard souriant, les bras croisés, et le buste placé de côté. « JMK », baptisé ainsi par les supporters, était au cœur de la promotion de la campagne d'abonnement des socios de « San Sé ». D'autant plus à la mode qu'il venait récemment d'offrir au club un succès historique contre Madrid. Un triplé, trois buts en 25 minutes, pour une

9- La partie nord du Pays basque en territoire français

victoire des « Txuri Urdin », ou bleu et blanc, face à l'ogre de la capitale. Les Madrilènes étaient déjà prêts à le recruter à coup de millions. C'était le week-end avant sa soirée de débauche à Bordeaux, ce fameux jeudi soir.

En Espagne, dans la presse et sur les réseaux sociaux, la nouvelle du mandat d'arrêt lancé à son encontre avait mis le feu aux poudres. Ces dernier jours, Mélissa avait lu tout et son contraire. Entre ceux qui le condamnaient désormais sans concession, ou ceux qui n'acceptaient pas le fait-divers, *mordicus*, la bagarre des mots était rude. Comme le jeune joueur vedette restait introuvable, les supputations s'essaimaient dans une multitude de recoins du web. Certains avaient garanti l'avoir vu ici, d'autres là. Les médias sportifs annonçaient déjà son départ pour un club anglais. Mais JMK restait introuvable. La police espagnole et son homologue française continuaient à battre la campagne pour le retrouver, mais le prodige n'avait plus donné signe de vie depuis jeudi dernier.

Ces heures passées en Espagne ne l'avaient pas réellement fait avancer. Mais Mélissa se devait de faire quelque chose pour Joshua McKinney. Elle se remémorait deux ans auparavant, ce jeune garçon qu'elle avait pu côtoyer, âgé alors de 18 ans, juvénile, volontiers taquin, vouant une admiration sans faille à Pierre Perlon. Ce gars-là aurait massacré une femme de telle manière ? Impossible. Certes, elle en avait vu et lu, des cas. Elle se rappelait de cette information du début d'année. Un footballeur brésilien condamné à 22 ans d'incarcération pour avoir commandité le meurtre de sa maîtresse. Et le type venait de sortir de prison après y avoir passé seulement sept ans. L'homme n'avait pas accepté que l'irrégulière tombe enceinte de lui. Elle avait mis l'enfant au monde, et devant le refus du footeux de reconnaître le môme, elle le faisait chanter. Le corps de la maîtresse ne fut jamais retrouvé, et pour cause : il fut mangé par les chiens et ses os dispersés. À vomir pensait la journaliste. Surtout, le sordide continuait : un club brésilien de division 2 venait de lui proposer un contrat, le président local se targuant d'accueillir par ce biais de nouveaux sponsors, tandis que d'autres venaient de le menacer de retirer leur argent du club. Mélissa s'était rendue sur le site du club brésilien, par curiosité. Malsain, s'aperçut-elle. Après quelques matches, ce sordide gardien de but était célébré en héros pour avoir arrêté un penalty, et son nom scandé à tue-tête par le public... La versatilité des hommes, ou quand un geste de foot anodin peut faire oublier les choses les plus atroces. Aux dernières nouvelles, quand même, la Cour Suprême du Brésil allait annuler la remise en liberté de l'assassin.

Joshua McKinney n'était pas de cette trempe macabre. Il respirait la vie, la joie, la candeur. L'autopsie allait mettre en lumière une nouvelle donne : Sara ne serait pas la victime. Elle imaginait déjà son titre « McKinney n'est pas coupable ». Mais elle devait attendre encore le feu vert pour ne pas trahir son ami médecin. Elle brûlait d'impatience.

De son périple au Pays basque, Mélissa avait aussi envisagé de ramener un souvenir d'Hendaye: se déplacer sur le lieu du meurtre de la prostituée, tenter de récupérer quelques témoignages. Après avoir retraversé la Bidasoa dans le sens sud – nord, elle suivit les directives du GPS jusqu'à cette fameuse avenue des Mimosas à Hendaye. Une artère largement fréquentée par les touristes durant l'été, une vallée au cœur d'Hendaye plage, appuyée à une montagne: l'historique immeuble Eskualduna et ses arches séculaires.

Après s'être garée au bout de la rue, la jeune femme, sous son pépin noir, se trouvait désormais devant l'immeuble où la prostituée avait trouvé la mort quelques jours plus tôt. La cage d'escalier, dont la porte était ouverte malgré l'interphone, portait les stigmates des années passées. Peinture défraîchie et par endroit fissurée et décollée, carrelages cassés, paillasson usé. Deux vélos étaient entreposés contre l'escalier sous un panneau « Merci de ne pas entreposer les cycles ici-bas ».

Une fois au deuxième étage, sur le palier du drame, Mélissa aperçut les scellés sur la porte. En face, elle sonna chez *Monsieur et Madame Ramirez.* Elle entendit un léger bruit et vit un peu de lumière à travers le judas. Pas de réponse. Elle sonna une nouvelle fois sans plus de succès. Son insistance ne fut pas plus récompensée. Quelques marches plus bas, sous ce qui devait être l'appartement de Sara, la plaque de porte placée au-dessus d'un heurtoir indiquait pour patronyme « G-D. Noguès ». La journaliste tambourina. Un homme de taille moyenne, mal rasé, petit chapeau noir Stetson sur le crâne, lunettes rondes posées sur le nez, ouvrit la porte. Il avait dans une main un verre ballon plein de ce qui devait être un alcool fort, à en appréhender l'entêtant arôme. Après avoir écouté quelques secondes la reporter, l'homme se contenta d'un « j'ai déjà tout dit à la police, excusez-moi, mais j'ai quelque chose sur le gaz. ». Il referma la porte.

Elle ruminait. Son déplacement faisait chou-blanc. Son rédacteur en chef l'avait pourtant prévenue : « pour trois photos et deux témoignages, tu peux appeler la correspondante locale. Et les gens lui parleront certainement plus volontiers qu'à toi ». Pas faux, pestait-elle.

Dehors, le soleil et la pluie jouaient au chat et à la souris. Mélissa resta quelques instants dans la cage d'escalier, scrutant l'extérieur. L'avenue des Mimosas revivait doucement avec la disparition de l'averse. Mélissa retourna jusqu'à sa voiture, garée au début de la rue. Elle s'installa au volant, rêveuse. Elle aperçut la vitrine d'une boutique que la pluie lui avait cachée à son arrivée : « Tatouages et piercings hendayais ».

Mélissa pensa au tatouage de Sara. Et à celui de l'inconnue retrouvée morte, si cette dernière n'était réellement pas Sara. D'un pas décidé, elle franchit le pas-de-porte et entra dans la boutique.

– Bonjour jeune fille, lança un gros et grand barbu, bouc proéminent et double anneau dans le nez. Un tatouage, un serpent, venant de dessous un tee-shirt noir, lui grimpait le long du cou.

– Excusez-moi de vous déranger, mais je suis journaliste chez *Aquitaine Éclair*, et je travaille sur le décès qui a eu lieu dans la résidence un peu plus loin.

– Et ?

– L'avez-vous tuée ? Mélissa avait répondu du tac-o-tac sans vraiment réfléchir. Elle regrettait déjà sa vanne.

L'homme la regarda, circonspect. Son visage se déformait, hésitant entre vocifération et juron. Mais finalement, la grande bouche s'ouvrit pour un rire gras.

– Elle est bien bonne celle-là. Vous n'avez pas peur que je vous sorte de là à coups de ceinturon !

– Je plaisantais. Juste, monsieur, la dénommée Sara, retrouvée morte, portait un tatouage. Est-il possible qu'une autre personne ait porté le même ? Je voulais juste savoir si ce tatouage avait été fait chez vous …

– Et pourquoi je vous donnerai une telle information ? Mes clients n'aiment généralement pas trop la publicité. Mais franchement, ça ne me dit rien.

Mélissa fit glisser les pages de son écran de smartphone jusqu'à la galerie photo. Elle montra une image du tatouage en question.

– Les croix basques, ce sont des tatouages assez courants. Ce qui l'est moins, c'est que le même soit refait à l'identique. Chaque tatoueur essaie toujours d'apporter quelque chose de différent sur ses créations. En tout cas, moi je ne conseille pas aux clients de copier. Une œuvre doit par définition être unique et personnalisée. On n'est pas chez *Leroy Merlin*, on ne fait pas du papier peint. Là, vu le procédé, je vois des tatouages anciens, au moins dix ou quinze ans…

– Ça ne vous dit vraiment rien ? Je vois sur votre façade que vous êtes ouvert depuis près de vingt ans. Alors même pas à vos débuts ? Mélissa scrutait l'ensemble de la boutique, magnifiquement mise en scène.

– Mais vous croyez vraiment que c'est moi qui les ai tuées ou quoi ? L'homme, imposant, s'était levé de son tabouret.

– Je n'ai jamais dit qu'elles étaient mortes toutes les deux. L'une a été massacrée, l'autre pourrait avoir disparu ; et les deux avaient pour tatouage une croix basque. En fait, je ne sais pas vraiment si elles sont deux. Mais si je m'en réfère aux photos sur le mur de votre salon, il y a quelques belles croix basques… Vous êtes doué.

– Sortez de ma boutique.

– OK, OK. Mais l'une, dénommée Sara, est sûrement en danger ; et si vous les connaissez et que vous ne dites rien, vous pourriez à mon avis être inquiété. Si je suis venue jusqu'à vous, la police viendra aussi.

– Dehors !

Mélissa tourna les talons. Le tatoueur s'était approché d'elle, réellement furieux. Une fois à l'extérieur, la jeune journaliste pressa le pas jusqu'à sa Mini Cooper. Elle cherchait ses clefs dans son sac à mains. La portière s'ouvrit enfin. Elle se jeta sur le siège.

Soudain, l'homme sortit en courant de la boutique. Il se précipita vers la voiture. Mélissa eut un moment de panique. Elle fouilla dans son sac pour trouver sa bombe lacrymogène. L'homme plaça ses deux mains sur la vitre. Mélissa était mortifiée. L'homme se mit à rire. Puis, avec ses doigts, il lui fit signe de venir.

– Descendez ! Vous avez eu peur ? Quand on menace, il faut avoir du cran !

Mélissa entrouvrit sa vitre.

– Je ne vous menaçais pas

– Descendez, je vais vous dire quelque chose.

– J'avoue que je suis un peu inquiète.

– Elles n'étaient pas deux. Mais trois.

Elle garda la bouche ouverte durant quelques secondes. Elle descendit de la voiture et accompagna le titan dans sa boutique. Il la fit entrer dans un bureau attenant au salon.

– Je vous préviens, je vais vous parler, mais je ne veux pas de mauvaise publicité. Alors pas un mot dans votre canard sur ma boutique, ou sur moi. Si je vois une ligne, ça ira mal pour votre matricule.

– J'ai compris le message.

– Il y a une quinzaine d'années, une jeune fille est venue se renseigner pour des tatoos. Elle m'a d'abord parlé en basque, mais même si je suis né ici, je ne connais pas l'Euskara(10). Elle voulait pour tatouage une croix basque et m'a dit qu'elle reviendrait avec ses amies. Elle s'appelait Sara. Elle est revenue la semaine suivante, avec deux copines. Nahïa et une troisième, Maïka, je crois. J'ai travaillé tout un après-midi. Elles se parlaient en basque. Rarement en français, parfois en espagnol. Mais

10- Langue basque

j'ai compris que visiblement elles étaient très engagées dans la cause basque. J'ai entendu les mots Euskadi Ta Askatasuna[11], etarras[12], et José Maria Aznar en prenait visiblement pour son grade. Des militantes de la cause. Je les ai revues parfois. Mais surtout, l'an dernier, la voisine assassinée était venue me poser des questions sur la durée de vie du tatouage, s'il fallait le refaire ou l'effacer. J'ai su qu'elle habitait à côté.

– Cette fameuse Maïka, vous n'auriez pas son nom de famille ?

– Je ne pense pas. Il faudrait que je regarde dans mes archives, mais de cette époque-là, je suis incapable de vous dire où elles sont. Elles sont peut-être détruites…et de mémoire, les filles m'ont payé en espèces. C'est une fille qui, comme les autres, doit avoir dans les 35 ans aujourd'hui.

– Vous n'avez rien retenu de plus des conversations ?

– Pas vraiment non, c'est vieux.

– Si vous pouvez vérifier…

– J'essaierai. Il me semble qu'elles ont traîné un peu à Hendaye. Allez voir au centre-ville, à la Cantina, c'est une sorte de pub, où l'on ne dit rien mais où l'on sait tout, où rien ne s'ébruite mais où tout s'apprend !

– Milesker[13] !

– Deusetaz[14]. Bon, et qu'est-ce que je vous tatoue à vous ?

11- ETA ou Pays basque et liberté

12- Membre de l'ETA

13- Merci, en basque

14- De rien, en basque

La journaliste sourit.

– J'en ai envie mais je n'ose pas. J'ai toujours imaginé un beau tatouage sur le bas du dos, juste au-dessus des fesses. J'y réfléchirai !

– Pas un mot sur moi, merci. Sinon je vous tatoue une tête de mort sur le front !

– C'est enregistré. Tatoué dans mon cerveau.

Mélissa fit une petite pause devant la magnifique plage d'Hendaye. Les surfeurs étaient nombreux à l'eau, malgré la pluie fine qui venait de reprendre. « Le meilleur spot pour apprendre à surfer » lui avait dit un jour un de ses amis de promo. La reporter pensait à ces prénoms, Maïka, Nahïa, Sara… Face à l'océan offrant abondamment ses rouleaux, les yeux rivés sur son smartphone, elle tapotait une recherche sur le net « Maika + ETA ». Rien de concluant. Elle enchaîna les combinaisons possibles, mais *Google* ne lui rendait rien de concret.

Elle se décida à remonter vers le centre-ville.

***

À la maison de santé de Saint-Étienne-de-Baigorry, un homme gravement blessé avait été déposé devant la porte, inanimé. Malgré la fin de journée, il restait une petite équipe médicale qui s'affaira. Devant l'urgence, il fut décidé de prévenir le réseau des SAMU de la Région. C'est finalement du toit du CHU de Bordeaux qu'un hélicoptère décolla dans les 30 minutes qui suivirent. Trente minutes plus tard, Pierre Perlon fut héliporté vers la préfecture de Gironde.

***

Bud McKinney poussait les rapports de son pick-up. Direction le moulin où Pierre Perlon venait d'être salement blessé. Au petit matin, le frère de Joshua avait décidé de téléphoner à la police et de se rendre dans l'après-midi, puis d'avouer. Pour protéger son frère. Quitte à raconter n'importe quoi. Qu'il était le meurtrier, qu'il avait assassiné Sara Lopez par jalousie, ou par amour. Il aurait inventé. Pour faire gagner du temps à son frangin. Mais le coup de fil de Pierre Perlon, à la mi-journée, l'avait interloqué. Et comme l'entraîneur lui avait raccroché au nez, il s'était rué jusqu'à son hôtel pour le voir. Là, on lui avait dit qu'il venait juste de s'absenter, qu'il avait pris la route du Pays basque. McKinney l'avait attendu à la sortie du parking, et l'avait suivi jusqu'au sud. Au point d'arriver et de le sortir de ce traquenard. Il espérait que le *coach* survivrait à ses blessures, il l'aimait bien le *coach*. Un dur, comme lui. Un bon aussi, qu'il vénérait.

Bud devait savoir. Il arriva à proximité du lieu. La voiture de location de Pierre Perlon était toujours là. Il s'arrêta prudemment juste derrière. Dans un premier temps, Bud McKinney voulait foncer avec sa voiture jusqu'au pied de la grande bâtisse. Mais il avait encore le bruit des coups de feu qui lui résonnait dans la tête. Lui n'était pas armé.

Il n'avait pas reconnu le tireur. Impossible que ce soit son frère. Impossible. Dans son coffre, il ouvrit une glacière pour y saisir une canette de bière 33 cl. Il l'avala en moins de deux minutes. Il mit trois minutes pour la seconde.

Bud McKinney composa le numéro de téléphone du commissariat de Bordeaux. Dans un franglais hésitant, il avait tout de même réussi à se faire passer Karim Ezaghoui, l'adjoint du capitaine Éric Claroux.

– Je suis Bud McKinney, le frère de Joshua McKinney. J'ai appelé ce matin pour dire que j'allais me rendre ; que mon frère n'était pas un assassin.

– Ou êtes-vous, Bud ?

– Je suis dans le sud, loin après Bayonne, pas loin de Saint-Étienne-de-Baïgorry. Je viens, *I hope*, de sauver la vie de Pierre Perlon, qui pensait avoir trouvé trace de mon frère.

– Dites-moi où vous êtes exactement ?

Sur le GPS de son téléphone, il copia sa localisation.

– Donnez-moi un numéro de portable, je vous l'envoie.

Bud McKinney raccrocha. Karim Ezaghoui lança l'alerte pour retrouver le suspect localisé. Il prévint le capitaine Stéphane Boulanger, à Saint-Jean-de-Luz. Les opérations furent lancées. La Gendarmerie serait la première sur place, avant la police. Elle prendrait donc les choses en mains.

***

La liaison Hendaye plage – Hendaye centre se fit assez rapidement. Mélissa, après un petit tour à pied sur la place de la République, n'eut pas de mal à se faire indiquer la fameuse Cantina.

Une fois à l'intérieur de ce lieu de rencontres historiques de la cité frontalière, décoration mêlant bois anciens, graffitis modernes, drapeaux du monde révolutionnaire et télévision high-tech, elle engagea la conversation avec le barman.

– Je cherche trois filles avec qui j'étais en promo, j'aimerais retrouver leur trace. Elles s'appellent Sara, Maïka et Nahaïa, elles traînaient souvent dans le coin et…

L'homme derrière le comptoir coupa net.

– Vous pensez qu'on ne lit pas la presse dans cet établissement madame ? Sara Lopez Irazabal a été assassinée, et vous cherchez les deux autres. Et vous êtes de la police ?

– Pas de la police non, pardon. J'ai eu peur de vous braquer en vous disant que j'étais journaliste.

– Pas une journaliste d'ici en tout cas. Les nôtres sont moins imprudentes.

– J'arrive de Bordeaux.

– Vous savez, Hendaye c'est une ville calme.

Le barman, cheveux courts sur le dessus, nuque longue, regard noir, sourcils froncés, serrait les dents. Les rares clients du pub s'étaient tournés vers la jeune femme.

Temps mort. Mélissa se mordillait les lèvres. Puis elle osa.

– Sympa votre déco. Vous avez fait appel à Valérie Damidot ?

– Qui ça ? Je dois trouver ça drôle ? Si ça ne vous plaît pas, allez voir ailleurs.

– Si si, c'est très chouette, un poil baroque. Un café s'il vous plaît.

– 4 euros.

– Pardon ?

– Un euro pour les Hendayais, quatre pour les étrangers.

La demoiselle s'indigna.

– Ah c'est gonflé ! Je vais m'en passer.

– Bah, vous avez perdu votre humour ? Je vous l'offre le café.

La reporter fit la moue. Le barman ne fronçait plus les sourcils. Un petit sourire en coin apparut sur son visage.

– Écoutez, vos filles, je ne les connais pas. Elles sont peut-être venues ici, mais je ne les connais pas. Désolé. On brasse du monde.

– C'est pas grave, je vais continuer à chercher. Merci pour le petit café en tout cas.

Mélissa tourna les talons. Il était l'heure de rentrer à Bordeaux.

Au fond du bar, un homme assis face à un journal tapota un texto.

13

Au commissariat bordelais

Le lieutenant stagiaire Ezaghoui reçut une communication du cabinet du maire de Bordeaux, redescendue du bureau du commissaire divisionnaire, Julienne Lorat.

– Cher monsieur, nous aimerions parler au capitaine Éric Claroux.

– Quand vous dîtes « nous », vous êtes plusieurs à me parler ?

– Très drôle. C'est une affaire de la plus haute importance. Monsieur Hervé Monnot, adjoint au maire, voudrait lui parler personnellement.

– Il est absent pour l'instant, mais vous savez, je suis lieutenant, et je travaille dans son service, je suis habilité à recueillir les plaintes et témoignages.

– Dites-lui simplement qu'il rappelle.

– C'est à quel sujet ?

– Qu'il nous rappelle, c'est tout.

Ezaghoui enclencha le numéro du capitaine Claroux. Le supérieur était sur la route du Pays basque.

– Capitaine, la mairie veut vous joindre.

– Pourquoi ?

– Ils n'ont pas voulu me dire.

– Pourquoi tu dis « ils » ? demanda Claroux.

– Ben le gars me parlait à la deuxième personne du pluriel. Du « Nous à tout va ». De la politique quoi. Faut demander Hervé Monnot.

– OK, j'appelle. Du neuf sinon ? Perlon devait venir, des *news* ?

– Vous n'avez pas eu Boulanger ?

– Je n'ai pas pu lui répondre. Tu aurais pu m'appeler direct.

– Ben vous ne m'auriez pas répondu du coup, puisque vous n'avez pas répondu au capitaine Boulanger…

– Putain que tu m'agaces. Alors ?

– Perlon est dans de sales draps, il a été retrouvé à moitié mort par Bud McKinney. Le gars nous a appelé pour nous dire où ils étaient. J'ai donné l'alerte. Commissariat de Saint-Jean-de-Luz, de Bayonne. J'ai aussi appelé la Gendarmerie. Elle sera la première sur place. On a du neuf aussi des services d'autopsies. Ils sont formels. Le corps retrouvé de la fille qu'on a vue pour la dernière fois vivante à Bordeaux, qui vivait à San Sebastian, mais qui a été retrouvée morte dans un appart à Hendaye, ben, ce n'est pas celui de Sara Lopez Irazabal. Pas simple, tout ça…

– Purée, ça devient compliqué. Qui est-ce alors ?

– Savent pas. Ils cherchent. Et ils vont trouver, je n'en doute pas.

– Bon, OK, je vais appeler la mairie. Tiens-moi au jus s'il y a du nouveau pour McKinney.

***

Dans sa voiture qui la ramenait du sud, Mélissa fut interrompue dans sa rêverie alors qu'elle écoutait Rag'n'bone'Man chanter son puissant *Human.* Jean Serminal, beaucoup moins puissant, mais relativement pressant, ne lui laissait pas le temps.

Mélissa, on s'est fait griller sur le coup des aveux. *France info* indique que l'individu s'étant dénoncé à la police, c'est Bud McKinney, le frère de Joshua.

– Merde, fais chier qu'ils aient obtenu cette info avant nous.

– Mais j'ai du lourd aussi, et je suis désolé de te l'annoncer comme ça. Le directeur de la communication du CHU de Bordeaux vient de m'appeler. On se connaît bien. Notre cher ami Pierre Perlon a été héliporté depuis la vallée des Aldudes dans un état critique. Il serait entre la vie et la mort, avec des fractures, mais aussi une blessure par arme à feu.

Une chaleur énorme venait de monter dans tout le corps de la jeune femme, un nœud contractait ses entrailles. Perlon, l'invincible, l'imperturbable, le magnifique, le salaud, aussi, raide sur un lit d'hôpital. Cette image lui était insupportable. Elle se mit à pleurer.

– Oh, Marchand, tu chouines ?

Elle stoppa la conversation. Il ne lui restait que quelques kilomètres avant de rejoindre Bordeaux. Un panneau venait d'indiquer l'aire de Cestas. Mélissa s'en voulait d'avoir été trop brutale, effrontée, la dernière fois qu'ils s'étaient vus. Pourquoi n'arrivait-elle pas à lui avouer ce qu'elle ressentait vraiment, ce qu'elle avait au fond du cœur. Au fond des tripes. La peur de se dévoiler et de ne pas avoir de retour, sûrement. Elle le trouvait si beau, si élégant, si fort, si rassurant. Elle était déjà prête à lui pardonner ses relations tarifées. Elle n'avait qu'une envie, le serrer dans ses bras.

Arrivée à proximité de la rocade bordelaise, la journaliste s'engagea dans les rues de Pessac, direction le CHU. Accolé à l'hôpital via un rond-point, elle aperçut le stade Chaban-Delmas, occupé désormais par le club de rugby de la ville. Elle arriva rapidement à l'accueil du centre hospitalier. Mais il lui fut impossible de voir Pierre Perlon.

– Vous êtes de la famille ?

Elle avait bien osé le oui, mais l'infirmière redoutable à l'accueil n'avait pas bronché, demandant une carte d'identité.

Mélissa rebroussa chemin. Dans la voiture elle envoya un texto à un jeune ami anesthésiste, Grégoire, ancienne conquête malheureuse d'un soir de déprime. Ou d'exutoire. Elle ne savait plus très bien. Elle en eut honte d'un coup. Ils étaient restés bons copains, même s'il avait fallu lui expliquer pendant longtemps les raisons de cet « accident ». Pensant toujours pouvoir resserrer un jour Mélissa dans ses bras, il lui donnait parfois quelques infos d'ordre médical.

La réponse écrite fut rapide :

Slt Mel. Ton Perlon, il a des fractures à la cheville et à une clavicule, les doigts d'une main entaillés par du verre, le nez fracassé, ce qui n'est pas si grave en soi. Le plus grave, c'est la volée de chevrotines qu'il a encaissée. Il a les poumons touchés, hémorragie, détresse respiratoire, hypoxie. Il est plongé dans le coma. Il va être opéré. Pas sûr qu'il s'en sorte le gonze.

Mélissa éclata en sanglots. Le Mascara noir coulait sur ses joues. Il lui fallut bien vingt minutes pour démarrer la Mini Cooper. Un coup d'œil dans le rétroviseur pour voir ses yeux vert jade transformés en regard de lapin myxomatosé. *Tiens bon Pierre,* murmura-t-elle.

***

Au moulin de la vallée des Aldudes, Bud McKinney avait fini par s'avancer sur le chemin de terre, au volant de son 4x4. La porte de la grange attenante était ouverte en grand. Il roula jusqu'à l'intérieur de la petite cour. La bâtisse, visiblement devenue garage, était vide, plus aucun véhicule.

Le colosse mit pied à terre, non sans avoir saisi une batte de baseball derrière son siège. Les lumières étaient allumées. Il s'approcha doucement de la porte d'entrée, mal fermée. Personne au rez-de-chaussée. De la musique continuait à brailler dans la pièce. Une sorte d'opéra que Bud avait du mal à supporter. Il poussa la porte avec le pied et pénétra doucement dans la maison. Deux tiroirs d'un buffet étaient ouverts, plusieurs vêtements étaient laissés en vrac sur le sol. Il écoutait attentivement. En haut, pas un bruit. Il décida de monter à l'étage. Un couloir, et là aussi des chambres allumées. Il longea le mur de gauche, jusqu'à une pièce qui devait donner sur le balconnet duquel Perlon s'était jeté. Un vase brisé, une lampe de chevet au sol, une chaise renversée, des habits par terre. Des placards ouverts et une pochette d'ordinateur sur le sol. Bud se pencha. Dans la sacoche, pas de PC, mais deux portefeuilles. Il ouvrit le premier. Des papiers au nom d'Aitor Hernandez de Almeida. Dans le second, ceux d'une femme : Nahïa Gonzalez.

Puis, du bruit, au loin. À travers la fenêtre ouverte, Bud McKinney aperçut des phares dans l'obscurité, venant vers la maison, puis un gyrophare allumé, un deuxième, enfin un troisième. Calmement, il descendit au rez-de-chaussée. Il déposa les deux portefeuilles sur la table du salon, et s'approcha pour éteindre la musique qui continuait à tourner.

La nuit était noire. Il chercha la lumière extérieure. Une fois allumée, il sortit les mains sur la tête. Il fut éclairé de mille feux.

– Gendarmerie nationale !

Les gendarmes du peloton de haute montagne, détaché du groupement départemental, avancèrent jusqu'à lui en se couvrant mutuellement. Le balèze irlandais fut mis à terre sévèrement. Et menotté tout aussi sèchement. On lui soutira ses papiers. Sans dire un mot, il embarqua dans un des fourgons tandis que les gendarmes investissaient la maison. Au bout d'une quinzaine de minutes, Bud McKinney entendit un homme, visiblement au téléphone, à proximité du véhicule de police :

– On a votre coupable chef. Ça se voit juste à sa tête. Des complices semblent être en liberté. La maison abritait apparemment plusieurs personnes. On a trouvé des papiers. Des traces de voiture, des pas et surtout des douilles de cartouche de chevrotine. On va en savoir plus. On passe tout au peigne fin. Le suspect était en possession de documents d'identité de deux autres personnes. Que fait-on ? On garde le client où on attend la PJ et on le lui transfère ?

Bud n'entendit pas l'interlocuteur à l'autre bout du fil. Mais il comprit à la réponse du gendarme à proximité. OK chef. Pas de problème. Je les informe que nous ramenons notre client à Pau.

***

En fin de soirée, le peloton de gendarmerie ramena son prisonnier dans ses murs palois, cours Léon Bérard. Le colonel Chavanne, commandant de l'ensemble, fut prévenu à son domicile. L'homme au visage émacié, robuste malgré la soixantaine annoncée, chevalier de la légion d'Honneur, réputé pour sa proximité avec les troupes, vint assister en personne à l'interrogatoire de Bud McKinney. C'était le branle-bas de combat dans la caserne. Le procureur fut prévenu. Une certaine fierté émanait des rangs. L'adjudant-chef Vasquez, chargé d'obtenir le récit complet se préparait à faire parler l'Irlandais. Une demi-douzaine de gendarmes se trouvaient dans la pièce.

– Alors racaille, tu vas nous raconter tout simplement ta version des faits.

Bud McKinney avait été démenotté. Il baissait la tête, les yeux rivés sur ses Doc Martens. Il serrait les dents. Il pensait à son Irlande, parcourue d'est en ouest et du nord au sud, à son enfance, à son frère Josh, le petit dernier toujours choyé. Où était-il en ce moment ? Il pensait à lui, aussi. Buddy le moins que rien, le brutal, l'imbécile, renvoyé de toutes les écoles. Bud, le gros con qui se retrouvait une nouvelle fois dans la merde. Mais Bud McKinney adorait son petit-frère, à en crever. Joshua lui rendait bien son affection. Lui aussi aurait pu se sacrifier, à une époque, pour son grand frère.

Bud McKinney n'entendait plus les questions des gendarmes. Les mains sur son visage, les yeux rougis, Bud souffla un grand coup tout en se secouant le nez et en relevant la tête. Il voyait encore le sang couler sur les vêtements de Pierre Perlon. Le *coach* charismatique allait-il lui aussi crever ? Il se remémorait également Sara Lopez Irazabal. Il haïssait cette femme. Dès la première fois où il avait vu son frère les bras autour de son cou, il avait senti qu'elle l'entraînerait sur le chemin de l'enfer. Elle était morte mais elle avait foutu les McKinney dans la merde. *Bitch.* Les sentiments s'entrechoquaient dans le cerveau de Bud. Mais qui avait bien pu canarder Perlon ? Il ne pouvait pas porter le chapeau pour ça. Pas le *coach. Fuck!* Quelqu'un avait signé son œuvre en le mitraillant.

– Alors tu parles gros sac à merde ?

Vasquez avait hurlé en approchant sa tête à proximité de celle de Bud. Grossière erreur : le massif Irlandais bondit en avant et lui décocha un énorme coup de boule. L'adjudant-chef fût propulsé les quatre fers en l'air contre une armoire métallique. Les collègues, médusés, virent Bud McKinney saisir la chaise sur laquelle il était assis. Il la jeta sur un gendarme qui tentait de dégainer son arme. Et il se rua sur lui, les mains en avant, comme pour l'étrangler.

Il hurla :

– *No surrender* (15), je ne l'ai pas tuée cette grosse pute de Sara !

Les hommes lui sautèrent dessus dans une mêlée titanesque. Un coup de feu retentit. Puis plus rien. Du sang coulait sur le sol.

– Appelez une ambulance.

Bud McKinney gémit.

– Mon frère n'a rien à voir avec toute cette histoire. Moi non plus. Je vais crever pour rien.

15- « Pas de reddition » est le cri de guerre de la « Brigade de Belfast »

Les gendarmes, visages graves, allongèrent l'Irlandais sur le sol. Ils cherchaient l'impact de la balle.

Un éclat de rire retentit. Comme un soulagement.

– Il a pris la balle dans le cul, il va s'en sortir !

Le colonel de gendarmerie glissa un mot à l'oreille d'un lieutenant en charge de la communication. Celui-ci passa un coup de fil à Jean Serminal. Le journal était en clôture[16] mais le reporter d'*Aquitaine Éclair* se débrouillerait pour qu'elle soit tardive. La Gendarmerie allait briller.

– Messieurs, nous pouvons contacter nos amis de la police judiciaire et les prévenir ! lança le colonel. Ce dernier appela le commissariat de Saint-Jean-de-luz. Il fut renvoyé sur le portable de Stéphane Boulanger.

– Capitaine, colonel Chavanne. Bud McKinney a offert une sacrée résistance, il ne voulait plus parler le bougre. Il nous a dit qu'il ne l'avait pas tuée cette Sara Lopez Irazabal. Mais vu son comportement, ses aveux à vos services plus tôt dans la journée, pas de doute, on a notre coupable. Une brute ce type. Il a essayé de nous agresser. Il va prendre perpétuité.

– Sauf qu'on a un souci de notre côté mon colonel.

– Lequel ? Celui de ne pas avoir arrêté le coupable ? glosa le chef de brigade.

– Non, pas du tout. Je vous laisse cette gloire. Mais vous êtes restés sur le meurtre de Sara Lopez Irazabal ?

– Affirmatif.

16- Phase butoir avant l'envoi des pages du journal à l'impression

– Sauf que selon les légistes, ce n'est pas elle qui a été retrouvée assassinée. Avec tout le respect que je vous dois mon colonel, je pense que Bud McKinney n'a tué personne. Qu'il est à cent lieues d'être un coupable idéal. Qu'il protège tout simplement son petit frère. Et que c'est un individu, comment dire, assez impulsif….

– Méfiez-vous des rapports de légistes. Ils font parfois dire n'importe quoi aux morts.

– Méfiez-vous des aveux trop faciles ou des coupables idéaux, mon colonel… C'est à un innocent que vous allez faire passer une nuit en cellule.

– Il a pris une balle dans les fesses. Il est au CHU. Nous tirerons tout ça au clair demain matin. Mais il y a toujours un cadavre si je ne me trompe pas, et un monceau de preuves accablantes pour qu'on garde notre type bien au chaud.

Il raccrocha. Le colonel appela le lieutenant en charge de la communication. Il lui demanda de nuancer ses propos, ceux exprimés à Serminal. Mais le journaliste ne répondait plus et les rotatives *d'Aquitaine Éclair* étaient en marche.

– On risque de passer un peu pour des cons, conclut Chavanne.

14

Mercredi matin

Les capitaines Éric Claroux et Stéphane Boulanger ouvrirent le journal ensemble, au petit matin, dans les bureaux du commissariat de Saint-Jean-de-Luz, et manquèrent de s'étouffer. L'affaire de la veille était déjà en gros et en gras dans la presse. *Aquitaine Éclair* annonçait en 5 colonnes à la Une que l'ancien entraîneur Pierre Perlon avait été retrouvé gisant dans la vallée des Aldudes, là-même où les gendarmes avaient arrêté Bud McKinney, le frère de Joshua McKinney et désormais coupable numéro 1. L'homme aurait plus ou moins avoué. Sur place, plusieurs pièces à conviction avaient été retrouvées. « Une affaire rondement menée par la Gendarmerie » écrivait Serminal.

– Et merde, un gendarme a causé pour faire la promo des bleus, lança Boulanger. Du gendarme à tours de bras. J'en ai marre que tout le monde balance tout, tout le temps. Putain de société. Si même chez les militaires ça se met à communiquer à tout va…

Un encadré faisait également référence à un mystérieux internaute ayant proposé de divulguer les noms de plusieurs clients de Sara Lopez Irazabal. Un article tourné sur le ton de la dérision. Les deux policiers étaient satisfaits de lire que le journaliste n'avait encore aucun doute sur l'identité de la prostituée décédée. Mais à la relecture de l'encadré, et au rappel fait par le rédacteur de la clientèle de « la Dueña », Claroux eut soudainement comme une petite alarme : il devait rappeler la mairie, il avait zappé.

Éric Claroux salua Stéphane Boulanger et reprit la route vers Bordeaux. Tant pis pour le café prévu place Louis XIV. Ils se rappelleraient plus tard.

Sur la route, il prit rendez-vous avec le dénommé Hervé Monnot, adjoint à l'urbanisme. Ils se verraient en fin de matinée. Le capitaine avait pour consigne de passer par une porte de service de la mairie.

***

Mercredi 10 heures

Un jeune homme, cheveux roux, élancé, taille moyenne, s'avança près de l'accueil de l'hôpital bordelais. Il baissa la capuche de la petite veste de survêtement grise.

Il demanda la chambre de Pierre Perlon. On lui demanda s'il connaissait la victime. Il précisa que c'était son père. Le visage plein de candeur de Joshua McKinney n'eut pas de mal à masquer ce mensonge. La personne à l'accueil le laissa passer sans sourciller.

Arrivé au deuxième étage, le jeune footballeur frappa à la porte. Pas de réponse. Il entra ; Pierre Perlon était allongé dans son lit, yeux fermés, branché et intubé. Joshua s'approcha et pressa la main de l'entraîneur. Il murmurait.

– Je suis désolé *coach. Sorry, sorry.* Ce n'est pas moi. Je l'aimais. Qui vous a fait ça, *coach*, qui vous a fait ça ?

Au bout d'une dizaine de minutes, le jeune joueur pro sursauta. On venait de frapper à la porte. Il mit sa capuche. Steve Bolder entra le premier dans la pièce, suivi de Jarï. Le fils de Perlon se jeta sur le lit en criant papa ! papa ! L'agent irlandais reconnut immédiatement Joshua McKinney et inversement. Les deux hommes eurent un temps d'arrêt. Pendant que Jarï fondait en larmes sur le lit, Joshua, index sur la bouche, s'approcha de Bolder. L'agent acquiesça d'un hochement de tête.

– J'étais inquiet quand on m'a dit à l'accueil qu'il y avait déjà un des fils de Perlon dans la chambre. Surtout que la maman de Pablo préfère que le fiston ne vienne pas voir son père dans cet état. Je comprends mieux.

– Je n'y suis pour rien dans tout ça Steve.

– Je te crois Joshua. Mais la situation est délicate. Et ton frère s'est dénoncé.

– Je sais, c'est pour ça que je suis sorti de ma cachette. Je viens me livrer. Je préfère être en prison en France. Putain, il m'aime ce gros lourdaud.

– Que s'est-il passé Joshua ?

– Écoute, je ne sais pas. J'ai quitté Sara au petit matin, comme souvent. On avait des projets ensemble, puis plus rien. Je suis malheureux. Je l'aimais, tu ne peux pas imaginer. Il y a ce fameux Aitor. Lui, c'est un sale type, un mafieux. Je pense que c'est lui qui l'a tuée.

– On t'accuse, parce qu'on sait que tu étais avec elle, il y a des preuves.

– Je sais, des choses invraisemblables. Quelqu'un veut me faire porter le chapeau. Les chaussettes par exemple. Je me souviens les avoir laissées dans l'appartement de San Sebastian, et on les a retrouvées dans celui d'Hendaye.

– Avant de te livrer, va parler à la journaliste. Donne-lui une interview. Tes fans auront ton avis, tes mots. Prends les devants. Une fois derrière les barreaux, tu ne pourras plus rien dire.

Jaï continuait à pleurer. Une infirmière arriva dans la chambre. Joshua se mit de côté.

– Messieurs, merci de ne pas rester trop longtemps. Le médecin va arriver. Il va l'examiner.

– Qu'est-ce qu'il va lui arriver ? lança Jaï, les yeux rougis.

– Votre père va peut-être subir une nouvelle opération. Il est dans un état stationnaire. On pense qu'il va s'en sortir, mais il va falloir du temps pour qu'il récupère.

L'infirmière ouvrit la porte en regardant les trois hommes. Ils s'en allèrent.

Bolder lança à McKinney :

– Suis mon conseil, va la voir.

– OK, man. Merci, à bientôt.

Jaï regardait Joshua, mâchoire serrée.

– C'est de ta faute si mon père est là.

Le jeune Irlandais remit la capuche sans un mot et quitta l'hôpital. À sa sortie, une BMW garée sur le parking attenant à l'hôpital démarra.

***

Mercredi 11 heures

État d'urgence oblige -un attentat terroriste venait encore d'être déjoué à Paris- le capitaine Éric Claroux dut montrer patte blanche devant la petite entrée de service de la municipalité bordelaise. Après quelques pas dans les corridors, le policier fut conduit à l'étage, dans un bureau où l'attendait Hervé Monnot. L'adjoint à l'urbanisme était accompagné d'un autre col blanc : Jérôme Crival, lui aussi adjoint, au tourisme.

Les deux hommes firent asseoir le capitaine. Visiblement embarrassés, ils mirent quelques secondes à s'exprimer. Monnot, cheveux blancs, légèrement dégarni sur le dessus du crâne, belles bacchantes, prit la parole.

– Bon, voilà capitaine. Nous sommes victimes d'un maître chanteur.

– De quel genre ?

– Disons, que c'est une situation très très embarrassante.

On frappa à la porte. Un homme costumé s'excusa du léger retard.

– Je vous présente maître Olivar, notre avocat.

– Enchanté, répondit le capitaine. Vous vous sentez coupable de quelque chose ?

– S'il vous plaît, pas d'ironie. Je suis là pour tenir la confidentialité de notre conversation. L'avocat s'était assis un peu en retrait, sortant un bloc note de sa sacoche.

– Voilà. Donc. Eh bien. Disons que nous sommes dans une situation délicate.

– Il me semble oui, vu le temps que vous mettez à m'expliquer.

Le plus jeune, Jerôme Crival, prit à son tour la parole. Le cheveu brun court, les yeux noirs, mâchoire ronde, corpulence imposante, oreilles légèrement décollées dont une massacrée. Le physique d'un ancien première ligne de rugby. Ce qu'il avait été.

– Quelqu'un nous fait chanter avec des vidéos pornos, voilà tout. Pour faire court, nous avons, à une époque, utilisé les services de « la Dueña », Sara Lopez, la prostituée qui a été assassinée. Le hic, c'est que nous avons reçu, Hervé et moi, la même demande. Chacun mis en scène dans une séquence de quelques minutes nous exposant dans une situation très délicate. Hervé Monnot étant nommé le client numéro 12, moi-même le numéro 18.

– Et un même message à la fin : 50 000 euros à virer avant demain matin, c'est-à-dire ce matin, sur un compte bancaire, ou bien ces images seront diffusées au public.

Un RIB appartenant à une banque espagnole terminant la bande…

– Vous avez payé ?

– Monsieur Monnot oui, moi non. Je n'ai pas cette somme. Nous sommes en plein doute.

– Lorsque vous étiez en situation, vous rappelez-vous de qui a filmé ?

– Nous n'aurions pas accepté, commenta Hervé Monnot. Nous n'avons rien vu, ces films ont été réalisés à notre insu. Imaginez bien que ces petites fêtes ont été organisées pour faire plaisir aux uns ou aux autres, ici pour faire signer un contrat d'urbanisme, là pour un client étranger incluant Bordeaux dans son circuit touristique. Pas pour nous.

– Permettez-moi d'en douter.

– Capitaine, s'il-vous-plaît. L'avocat se voulait grave.

– S'il vous plaît quoi ? Ce que je vois c'est que vos clients sont dans de sales draps, et que, si je vais un peu plus loin, ils deviennent des suspects potentiels. Avec toutes ces échéances électorales, c'est sûr que le grand déballage n'aurait rien de bon. J'ai une prostituée qui a été retrouvée morte ; elle a très bien pu vouloir vous faire chanter et l'un des clients a très bien pu vouloir s'en débarrasser.

– Mais monsieur Claroux, ces vidéos nous ont été envoyées mardi matin, elle était déjà morte, soumet Monnot.

– Quelqu'un d'autre a pris son relais après avoir appris sa mort. Combien de prostituées, hommes ou femmes d'ailleurs, participaient à ces partouzes ?

Éric Claroux n'envisageait pas de leur annoncer pour le moment, que la prostituée décédée n'était pas Sara Lopez Irazabal.

– Elles étaient toujours 4 ou 5, lança Crival.

– Toujours les mêmes ?

– Pas forcément ; la « Dueña », oui, les autres tournaient. Mais de mémoire il y en avait une toujours là aussi. Une certaine Sophia. Il y avait aussi Roxanna et Nahïa, parfois.

– Toujours en A. C'est plus glamour. Nahïa, comme Nahïa Gonzalez ?

– Ça, je ne sais pas. Ce n'était pas la plus glamour. Mais elle avait une particularité : elle ne participait presque jamais, souvent elle était juste là pour faire la logistique et encaisser l'argent. Je me souviens aussi d'un truc pas banal : la seule fois où je l'ai vue nue, elle avait un tatouage sur l'omoplate droite, exactement comme celui de Sara.

– Bingo. Ça c'est du lourd monsieur Crival.

– Ah ? Pour moi, c'est surtout ce type dont je me souviens, à la mine patibulaire qui m'a le plus marqué. Le plus jeune des adjoints mimait les gros yeux du malabar.

– Le maquereau, sûrement. Aitor. « El Gato ». Il était toujours là ?

– Non, lui, je ne l'ai vu qu'une fois. Il était venu parce que la fois précédente, ça ne s'était pas très bien passé avec un client.

– *A priori* Sara Lopez et sa petite entreprise empochaient le pactole à chaque fois, peut-être le partageait-elle avec le mac, sans que ses copines ne soient rémunérées à la même hauteur. Ça s'appelle du proxénétisme. Peut-être que l'une d'entre-elles a souhaité se faire rembourser de ces heures sous-payées.

L'avocat avait sorti des documents de sa sacoche. Il s'avança vers le capitaine.

– Nous allons vous remettre les vidéos et les éléments. Nous comptons sur votre discrétion.

– Merci. Ne payez plus si vous êtes victimes du même chantage. Informez-nous d'abord. On va essayer de retracer les données bancaires. Là, faut qu'on bosse avec nos confrères espagnols. Je suis désolé, mais il me faudrait également plus de détails. Le nombre de fois que vous avez fait appel à ses services, en groupe ou en solo. Les participants et participantes, les lieux ; même les noms des gens à qui vous avez souhaité « faire plaisir ». Ceux qui auraient pu faire affaire avec vous, comme ceux qui auraient pu être contrariés pour une raison ou une autre. Et n'omettez rien. Quand vous vous sentez prêts, venez faire une déposition, on fera ça discrètement.

Le capitaine Éric Claroux salua les trois hommes. Hervé Monnot regardait ses pieds, les mains sur la tête. Le vieux briscard de la politique bordelaise était en fâcheuse posture. Marié depuis 40 ans, grande famille bourgeoise. Jérôme Crival était célibataire. Pas de souci de ce côté-là, si ce n'est un regard des autres à assumer. Au cas où l'affaire soit déballée. Il était surtout ambitieux, et promis à une carrière politicienne.

– Avant de partir, il faut aussi que je vous relève un secret à ne pas divulguer. C'était au tour de Claroux de se faire grave. Nous avons confirmation par le biais de l'autopsie que le cadavre retrouvé n'est pas celui de Sara Lopez Irazal, mais celui d'une autre femme.

Jérôme Crival ne put s'empêcher.

– Mais le tatouage, pourtant ?

Éric Claroux plongea son regard dans le sien.

– Vous m'avez bien dit que cette Nahïa était tatouée de la même manière ? À très bientôt messieurs. Je vous demanderai de rester à disposition de la police dans les jours à venir.

***

– Monte Joshua.

Le jeune footballeur prodigue se retourna. Il reconnut Percy Sullivan, un détective privé déjà envoyé par sa mère il y a quelques semaines. Il était venu rendre compte de sa relation avec Sara. Et lui avait mis des bâtons dans les roues. La voiture roulait au ralenti pendant qu'il marchait.

– T'es encore dans mes pattes toi ? Tu ne m'as pas assez fait de mal ?

– Ta mère tient à toi.

– Casse-toi.

– Monte, je te ramène au pays. Je sais comment te faire sortir. On prend la route et au Havre, quelqu'un nous attend. Tu rendras des comptes à notre police, pas aux Français ni aux Espagnols.

– Non. Tu diras à ma mère qu'elle est aussi responsable de ce qui se passe. Sa venue, puis la tienne, ont compliqué des choses dans ma relation avec Sara. Je vais me livrer et sortir mon frère de là.

– Elle ne t'aimait pas cette fille. Elle en voulait à ton pognon.

– Dégage je te dis !

Joshua s'arrêta net et mis un grand coup de pied dans la porte de la BMW. Puis il remit sa capuche et commença à courir. Il prit la première à droite en sens interdit. Le détective était déjà semé.

***

Mercredi 16 heures

Devant le journal *Aquitaine Éclair* se trouvait une voiture de police. Depuis l'attentat à *Charlie Hebdo*, les médias étaient tous sous sécurité renforcée. Pour moins attirer l'attention, Joshua McKinney avait troqué la capuche et la veste grise pour un pull et une coiffure de premier de la classe. Petite pochette à la main, il franchit les portes du journal sans encombre, le vigile le saluant de la tête. Un grand bâtiment tout neuf, fait de béton et de verre. À l'accueil, il demanda à voir Mélissa Marchand, prétextant un rendez-vous. La secrétaire, la journaliste au bout du fil, lui indiqua que cette dernière n'attendait personne.

– Dites-lui que c'est le petit Irlandais.

– Montez, vient-elle de me dire.

Mélissa pressa le pas pour aller au-devant de Joshua. À la sortie de l'ascenseur, au deuxième étage de cet édifice grand ouvert à chaque étage par des open-spaces, la reporter entraîna rapidement le jeune homme vers une salle de réunion, en évitant de passer devant la rédaction sportive. Une fois dans la salle, elle baissa les stores, puis se retourna vers lui, les yeux exorbités.

– Hello Mélissa.

– Salut Joshua. Incroyable que tu sois là. Tu as pris un gros risque. La police va t'arrêter.

– Je vais me livrer. Mon frère s'est donné à ma place et je ne peux pas le laisser comme ça. Je l'aime comme lui il m'aime. Mais avant, je voudrais te demander un service. Si tu peux m'interviewer. Et je vais donner ma vérité. LA vérité.

– OK, Josh, OK. Mais pour garantir, il faut que tu acceptes d'être pris en photo. Je vais la faire moi-même. Et une petite vidéo. On va mettre un journal du jour devant toi. Et je vais t'enregistrer, pour ne pas avoir de problèmes. Après, on balance ça en fin d'après-midi sur Internet.

– OK, OK. Ce que tu veux. Mais ne coupe pas ce que je dis. Tu sais, je ne l'ai pas tuée, Sara. Les yeux de Joshua s'embuaient. Je l'aimais tant.

– Pas de problème. Mais il faut que je te dise quelque chose Joshua.

Mélissa pensait à l'autopsie, à ce cadavre qui n'était sûrement pas celui de Sara. Elle hésitait.

– Oui, Mélissa ?

– Non, en fait je te dirai ça plus tard.

– OK, OK.

Vers 18 heures, après avoir convaincu le rédacteur en chef du journal qu'il ne s'agissait pas d'un canular, elle l'avait conduit directement dans la salle de réunion, la reporter publia une partie de l'interview qu'elle venait de réaliser.

INTERVIEW

Joshua McKinney, un coupable idéal?

Avant de se livrer à la police, aujourd'hui en fin de journée, le jeune attaquant irlandais du club de San Sebastian, suspect numéro un dans l'affaire du meurtre de la prostituée de luxe, est sorti de sa cachette. Il a choisi Aquitaine Éclair *pour donner sa version du drame.*

Joshua, avez-vous tué Sara Lopez Irazabal?

(Il grimace). Non. Vraiment, non, je l'aimais trop. Pourquoi l'aurais-je tuée?

Pourtant, cette nuit-là, vous êtes le dernier à l'avoir vue du soir au petit matin…

Oui, à Bordeaux puis jusqu'à San Sebastian, où on a fait l'amour une dernière fois. Et puis je l'ai quittée à l'aube, comme souvent depuis six mois. Je ne voulais plus de ça, je voulais qu'elle change de vie, qu'elle parte avec moi. J'avais les moyens de la faire beaucoup mieux vivre. Ma Sara.

Les preuves vous accablent. Non seulement votre présence en dernier lieu avec elle, mais aussi vos chaussettes, retrouvées sous le lit de

l'appartement d'Hendaye, où Sara L. a été retrouvée massacrée; quels arguments avez-vous ?

Sauf que ces chaussettes, je les ai oubliées dans l'appartement de Sara, à San Sebastian, pas à Hendaye. Elles avaient roulé sous le lit. L'appartement d'Hendaye, elle y allait pour « travailler ». Pour se prostituer, malheureusement. Je ne comprends pas. Quelqu'un a volontairement transporté ces chaussettes de San Sebastian à Hendaye.

Votre frère s'est livré à la police. Est-il coupable ou complice ?

Bien sûr que non. Mon frère a peut-être une tête de voyou, mais il a un cœur énorme. Il s'est livré à ma place. Il a été blessé. Mais c'est pour ça que je vais aller voir la police, me livrer et tout leur raconter. Quand les gens liront ces lignes je serai derrière les barreaux. Bud n'y est absolument pour rien. C'est moi qui suis coupable d'avoir sous-estimé son amour. Il a pourtant toujours été un grand frère protecteur. Et dire que je l'avais renvoyé au pays. Je crois que ce monde du professionnalisme m'est monté à la tête et que j'ai oublié les choses essentielles. Je le regrette sincèrement.

Votre ancien* coach *à Bordeaux, Pierre Perlon, est dans le coma suite à une fusillade. Et votre frère est mêlé à cette affaire…

Je ne sais pas vraiment de quoi il s'agît. Mais j'adore monsieur Perlon et je souhaite de tout cœur qu'il s'en sorte. En plus d'être un très grand coach, *c'est un homme bien. Il a permis à ma carrière de décoller. Je vais prier pour lui.*

Qui a tué Sara L., à votre avis ?

Moi je pense à une de ses très mauvaises fréquentations, Aitor Hernandez. Un baron du proxénétisme, qui était soi-disant son protecteur. Mais il gagnait surtout de l'argent sur son dos. Il leur arrivait d'en venir aux mains.

Si vous êtes condamné, votre carrière prometteuse sera brisée...

Comment être condamné d'un crime que l'on n'a pas commis ? Et mon existence est déjà brisée. J'ai perdu la femme de ma vie.

Qu'allez-vous faire en sortant du journal ?

J'ai vu une voiture de police stationnée devant. Je vais aller frapper au carreau, et demander aux policiers de m'emmener...

Propos recueillis par Mélissa Marchand

15

Mercredi soir

Depuis le palais de Justice de Bordeaux, le procureur de la République, entouré de nombreux policiers, dont les capitaines Claroux et Boulanger, mais aussi des représentants de la Gendarmerie et d'autres services, commença sa deuxième conférence de presse de la semaine. Les flashes crépitaient sans cesse. Les directs des chaînes d'information se succédaient et se juxtaposaient. Les services judiciaires devaient réagir vite, peu après l'interview de Joshua McKinney.

Le proc annonça l'arrestation de Bud et Joshua McKinney. Les deux frères étaient mis en examen pour assassinat « d'une prostituée ». Le magistrat fit une allusion à l'article d'*Aquitaine Éclair* et aux déclarations de Joshua McKinney, précisant que « ce n'était pas à la presse de rendre la justice dans ce pays, que cette même presse allait de plus en plus loin, beaucoup trop loin. » Un énorme murmure envahit la salle.

Grave, le procureur lança: les traces de sperme retrouvées sur le corps de la victime sont bien celles de Joshua McKinney.

Les questions volèrent de tous bords des rangs des journalistes, mais l'homme de loi éluda. Il expliqua que Bud McKinney était également impliqué dans la tentative d'assassinat sur l'ex-entraîneur et actuel commentateur sportif Pierre Perlon.

Cette fois les murmures firent place à un énorme brouhaha. Puis à une batterie phénoménale de crépitements de flashes.

Le procureur expliqua que la maison dans la vallée des Aldudes avait été fouillée de fond en comble. Qu'il y eut également des traces de lutte, que des papiers appartenant à Nahïa Gonzalez et à Aitor Hernandez de Almeida avaient été retrouvés. Que ces personnes, introuvables, étaient également à considérer comme des suspects potentiels dans la mort de la prostituée et la tentative d'assassinat sur Pierre Perlon; un mandat d'arrêt et un avis de recherche étaient en préparation. Que pour l'instant, Bud McKinney n'avait pu, ou voulu, identifier les personnes présentes dans la maison qui, selon ses dépositions, étaient les mêmes que celles qui avaient ouvert le feu sur Perlon. Ce dernier étant plongé dans le coma, les pistes se réduisaient pour l'instant à l'état embryonnaire.

Enfin, le représentant de la Justice indiqua également que le propriétaire de la bâtisse avait été identifié, qu'il était originaire du nord de l'Espagne et que les services français et espagnols allaient collaborer sur ce sujet.

Au milieu des questions, Jean Serminal lança :

– Qu'avez-vous de plus sur la tragique disparition de Sara Lopez Irazabal ?

– Nous en dirons davantage sur la prostituée retrouvée morte dans les prochaines heures. Mesdames, messieurs, la conférence de presse est terminée.

Devant son écran de télévision, à la rédaction d'*Aquitaine Éclair*, Mélissa Marchand n'avait pas raté un mot de la déclaration du procureur. Elle avait bien noté qu'à aucun moment il n'avait utilisé le nom de Sara Lopez Irazabal, utilisant régulièrement le mot de prostituée. Elle terminait de peaufiner un papier en page sports pour l'édition du lendemain, avec les déclarations de Joshua McKinney. Quand son téléphone fixe sonna.

– Mélissa Marchand ?

– C'est ça. À qui ai-je l'honneur ?

– Maïka Pandeles Detcherry.

Un silence de deux secondes.

– Vous avez essayé de me joindre m'a-t-on dit.

– Euh, oui, comment le savez-vous ?

– J'ai des yeux et des oreilles partout !

– J'aimerais vous parler oui, de la mort de Sara Lopez Irazabal et de la disparition de Naïha Gonzalez. Ces noms évoquent-ils quelque chose pour vous ?

– Et quel intérêt aurais-je à vous voir, madame ?

– Si je vous disais qu'après l'autopsie opérée hier, la police va révéler certainement demain ou vendredi que la femme assassinée n'est peut-être pas Sara Lopez Irazabal ? Et que Nahaïa Gonzalez, la femme qui a retrouvé son corps, a, depuis, disparu...

– Je ne vois toujours pas en quoi je pourrais vous aider...

– Si je vous dis que Sara et Nahïa liaient une amitié sans borne à Maïka, et que ces trois femmes unies depuis des années avaient pour point commun une croix basque tatouée dans le dos ?

– Vous n'êtes pas sur écoute madame Marchand ?

– Non, je ne pense pas, pourquoi ?

– Je vous ferai passer le lieu et l'heure où vous pourrez venir me retrouver. Je vais vous parler. Certains secrets sont trop lourds à porter.

En toute fin de journée, Mélissa Marchand avait reçu le feu vert du légiste, Jean-Michel Rastan : « Le proc dira vendredi à la presse, vers 8 h 30, que le cadavre n'est pas celui de Sara... Tu peux envoyer la sauce dans ton édition de vendredi matin. »

16

Jeudi matin

Ce fut un-raz-de-marée de connexions en tous genres, le grand *buzz* de 8 heures pile. Simultanément sur *Twitter, Facebook, Viméo, YouTube*, et bien d'autres, des liens furent lancés via des comptes nommés NMS, vers une vidéo saisissante. Et tous les sites Internet de la média-sphère en firent leurs choux-gras, relayant ainsi en boucle des images *trash*, encore et toujours. Une sextape dans le jargon. En introduction, des images de matches de football. Deux joueurs occupant la lucarne du petit écran : les Brésiliens Amidano et Paulo Baptista, de l'équipe de Bordeaux, comme précisaient les sous-titres incrustés.

Puis, d'un coup, sans transition, d'un montage vidéo sommaire, ils apparurent nus à l'écran, de dos. Face à eux, de jeunes femmes saisissant leurs sexes puis entamant des fellations. Les deux joueurs furent au centre de plusieurs autres plans, de face, de biais, allongés, chaque fois avec des dates insérées. Des images de plus en plus dures, de plus en plus choquantes. D'abord des claques à leurs partenaires féminines, l'utilisation d'ustensiles bizarres dans l'élaboration de leurs coïts, jusqu'à des coups de torchons assénés violemment à des jeunes dames nues attachées sur des tables. Plusieurs scènes, plusieurs époques. Mais un point commun : les deux hommes se tapaient régulièrement dans la main, ou levaient les bras au ciel comme pour célébrer un but. À la fin de la vidéo, un message :

Eux n'ont pas payé, les autres le devront, pour ne pas voir leurs images diffusées.

Dans tout Bordeaux, ces images donnèrent des sueurs froides à certains. Pour la majorité, ce fut LE sujet de conversation du jour. Le club de football de la cité ne mit pas longtemps à réagir, en indiquant via un communiqué que les deux joueurs allaient être remerciés. Ce qui stimula davantage les réseaux sociaux : Bordeaux virerait des joueurs qui, transférés dans un autre club, rapporteraient plusieurs millions ? Un nouveau communiqué plus évasif sortit une heure plus tard, parlant cette fois de sanctions, plus de licenciements.

À l'hôtel de police de Bordeaux, les équipes étaient en ébullition. De son côté Éric Claroux avait continué à interroger Joshua McKinney. Il avait branché les spécialistes de la cybercriminalité qui traquaient déjà l'origine de la diffusion de ces images pornos. Le lieutenant stagiaire Karim Ezaghoui avait pour mission de répertorier tous les clients de Sara Lopez. *Je suis une sorte de chargé de clientèle*, avait-il lancé, goguenard, à Claroux, avant de recevoir une boulette de papier en plein milieu du front. « La prochaine fois, c'est l'agrafeuse ».

Au commissariat de Saint-Jean-de-Luz, le capitaine Boulanger, rentré la veille tard de Bordeaux, pourtant fatigué de ces allers-retours, travaillait de concert avec les policiers espagnols. Pour la traque de Nahaïa et d'Aïtor. Pour retrouver le propriétaire identifié de la maison des Aldudes. Pour mettre au jour toutes les ramifications liées au système de proxénétisme de Sara Lopez Irazabal. De ces quelques clients du sud.

Puis, dans la matinée, tous les services de police et de gendarmerie reçurent une officialisation: le corps de la prostituée tuée n'était pas celui de Sara Lopez Irazabal. Boulanger envoya de nouveau ses équipes à Hendaye, à Irun, à San Sebastian. Il fallait trouver Sara, ou Nahïa, ou quiconque de coupable.

À Pau, Bud McKinney, un peu remis de sa blessure, fut enfin disculpé mais resta sous surveillance médicale à l'hôpital. Avec pour ordre de ne pas quitter le territoire. Il lui fut notifié qu'il risquait de six mois à cinq ans de prison pour faux témoignages.

À Bordeaux, au comptoir du café *Olive*, les lycéens disséquaient la sextape. Une rigolade générale. Sur la vidéo, le patron du troquet, l'ami fidèle de Perlon, avait reconnu plusieurs fois Sara. Rarement la même coupe de cheveux. Des tenues affriolantes diverses et variées. Elle avait l'air de bien souffrir parfois face aux fantasmes lubriques des deux Brésiliens. Olive était plutôt touché par la mort de cette femme. Et encore plus triste en pensant à son ami Pierre Perlon. Il irait le voir dès que possible. Il aurait voulu lui dire ce que le boomerang de ses investigations lui avait rapporté, par le bouche à oreilles : un jour, durant une des « parties fines » à laquelle il avait assisté, un client souhaitant rester anonyme, mais qui était de notoriété publique grand patron de restaurant, aurait surpris une conversation, entre un jeune élu dénommé Jérôme et un autre membre de la mairie, directeur de service.

Tu te rends compte, si on le filmait le vieux en train de se faire plumer le sboob, il serait fini, hors-jeu papy, il y aurait une belle place à prendre ou du pognon à se faire… Une histoire alimentée de plus en plus copieusement sur les bords de comptoir. Un homme avait entendu un homme qui avait entendu un homme…

Sur l'autoroute A64, direction le sud, dans un coupé BMW M6, un détective privé se faisait sévèrement sermonner par une Irlandaise pas commode.

Au CHU de Bordeaux, Pierre Perlon fut conduit via brancard au bloc opératoire. Une intervention très sérieuse l'attendait. Un gros match, peut-être le plus important de sa vie. Sa sérieuse blessure avait monopolisé les réseaux sociaux. Les sites d'informations avaient déjà sorti les papiers hommages. Au sein de la rédaction *d'Aquitaine Éclair*, on avait même demandé, la veille, à Mélissa Marchand de préparer sa nécrologie, au cas où. Ce qui avait fait bondir la jeune reporter. Elle avait renvoyé tout ce beau petit monde à ses chères études. Il n'allait pas mourir, Perlon l'invincible.

***

Alors qu'elle voyait sur sa tablette le monde médiatique s'enflammer suite à la diffusion de la sextape des joueurs brésiliens, Mélissa Marchand fut interrompue, peu après 8 heures, par un coup de sonnette virulent à l'entrée de son échoppe bordelaise. Cette petite maison où elle avait mis tout son cœur dans la décoration de style industriel. Peu de cloisons, du fer et de l'aluminium brossé, des palettes et un pan de mur en briques rouges, pour un rendu cosy avec tous ses petits objets qu'elle collectionnait. Le portrait de sa maman disparue ornait une petite commode façon casier militaire.

Depuis sa fenêtre de salon, elle ne vit âme qui vive. La jeune femme, encore en nuisette, se déplaça jusqu'à son portail. Méfiante, elle observa au travers des barreaux, avant de s'apercevoir qu'une enveloppe blanche avait été glissée sous le fer. Elle ouvrit la porte, jeta un coup d'œil à l'extérieur, à droite, puis à gauche, personne.

Elle décacheta l'enveloppe.

Rendez-vous à 11 heures au 23 rue Giner-de-Los-Rios, à Bordeaux. Signé *M.*

Après une douche, un petit-déjeuner, l'envoi de quelques mails, et un nouveau tour sur tous les réseaux sociaux, Mélissa enfila un pantalon en toile sorti directement de la machine à laver. Elle mit plus de temps à choisir la couleur de ses Converses. Rouges. Même teinte que sur les lèvres. Mélissa imaginait devant elle une sacrée histoire à raconter. Elle prit le temps de prendre des nouvelles de Pierre Perlon, via Grégoire. État stationnaire avait-il répondu, réopéré le matin même.

Elle sortit la Mini du garage. Le bitume s'enchaîna sous un soleil bienvenu. Boulevard Alfred-Daney, rue Lucien-Faure, Pont Jacques-Chaban-Delmas, rive droite et quai de Brazza, celui de Queyries, puis Pont-de-Pierre, de nouveau rive gauche, cours Victor-Hugo avant d'arriver à proximité du quartier des Capucins. La rue Giner-de-los-Rios était située entre cours de l'Yser et cours de la Somme. Mélissa avait mis près de 25 minutes.

Elle sonna à la porte vers 10 h 50. Puis encore à 10 h 52. C'est une jolie femme brune, cheveux longs et raides, regard caché derrière de larges lunettes Ray Ban, qui vint lui ouvrir au bout de trois minutes.

– Mélissa, je suppose ?

– Oui, vous êtes Maïka ?

– Exact. Vous êtes en avance.

La jeune reporter pénétra dans le couloir de l'échoppe. À droite juste après l'entrée, une porte fermée. Côté gauche, un mur en pierre apparente où étaient appuyées debout sur roulettes, deux grosses valises grises et une troisième plus petite, avec *Hello Kitty* comme figure de proue. Mélissa jeta un œil sur les étiquettes. L'une était au nom de Maïka Pandeles Detcherry, l'autre d'Imanol Arosteguy. Rien sur la troisième. Le couloir donnait sur une grande pièce baignée par la lumière ; une baie vitrée d'au moins quatre mètres de large laissait pénétrer les rayons du soleil. En arrière-plan, un jardinet bien vert malgré l'automne. Des grandes haies, et un arbre volumineux. Une décoration sommaire, peu de meubles, et un escalier en colimaçon montant vers ce qui devait être un étage abritant les chambres.

– Vous êtes dans un appartement où ont vécu cachés des membres de l'ETA. C'était, enfin, c'est encore d'ailleurs, une propriété de l'organisation. Une cache. Mais vous ne risquez rien, et le désarmement complet de l'ETA est désormais bien entériné.

Mélissa eut un regard étonné. Maïka la fit asseoir sur le canapé. Elle-même prit place à l'autre angle. Elle servit deux verres d'eau, sans rien demander.

– Hier soir, j'ai lu votre interview du joueur de foot inculpé dans le meurtre de Nahïa. C'est d'ailleurs un peu ce qui m'a poussé à vous appeler. Bravo, beau *scoop*. Mais vous n'avez pas encore écrit que ce n'était pas Sara…

– Le meurtre de Nahïa? Mélissa avait les yeux écarquillés.

– C'est bien ce que vous êtes venue chercher non? Je vais vous raconter. Parce qu'il y a des choses qu'on ne peut pas accepter.

– Je peux vous enregistrer?

– Je ne préfère pas. Je vais vous dire certaines choses qui ne seront pas à publier. Juste pour que vous compreniez. Si vous pouviez éteindre votre téléphone et me montrer vos poches.

– Pas de souci. Mélissa s'exécuta. Et sortit un carnet de sa poche.

– Par où commencer…J'espère que vous avez un peu de temps devant vous.

– Toute la journée s'il le faut…

– Nous étions comme trois sœurs, Sara, Naïha, et moi. On s'est connues à l'Assistance publique, il y a plus de vingt ans. On avait quatorze ou quinze ans. Il s'est passé quelque chose entre nous. Une alchimie. Non seulement on était du même âge, mais on avait aussi eu toutes les trois une famille de barjots. Au départ, c'était parfois un peu tendu entre nous, je me suis même battue avec Sara. À coups de poignées de cheveux. Elle voulait toujours tout diriger et elle s'énervait très vite si elle n'avait pas ce qu'elle voulait. Et elle avait souvent ce qu'elle voulait. On a tout vécu ensemble, les quatre cents coups, comme les coups durs. La grossesse de Sara, c'était une horreur. Il faut dire que pour arriver à ses fins, elle offrait souvent son corps, et à 15 ans, c'était déjà une sacrée belle nana. Elle a mené les hommes de ses familles d'accueil par le bout du nez. Elle négociait déjà son argent du mois contre une bonne partie de jambes en l'air. Elle faisait ça en douce, dans le dos des femmes mariées, ses mères d'adoption. Et une fois qu'elle avait eu ce qu'elle voulait, elle faisait chanter l'homme, en lui demandant de l'argent, toujours plus. Elle a même fait ça avec une femme… Ça se terminait souvent mal, et elle changeait de famille. Durant un an, je crois qu'elle a dû faire six ou sept familles. Jusqu'à ce qu'elle tombe enceinte. On voulait qu'elle avorte, mais elle était têtue comme une mule, elle ne voulait rien entendre.

– Et l'homme qui l'a mise enceinte ?

– Je crois qu'il ne l'a jamais su. Il est aujourd'hui le père d'un sacré gaillard de 19 ans. Gorka. Une force de la nature, mais le plus dangereux, c'est qu'il a le caractère de sa mère.

– C'est elle qui l'a élevé ?

– Oui et non. En fait, ce marmot a eu le don de lui mettre un peu de plomb dans la cervelle, l'espace d'un temps. Sara a été envoyée chez une de ses tantes, côté paternel, du côté de Guernica. Là-bas, elle a été cadrée par ses oncles et ses cousins. Impossible pour elle de jouer de ses charmes et ses caprices étaient rapidement stoppés par des dérouillées. Elle en a pris un paquet de baffes. Ça fait mal. À cette époque, je ne l'ai pas vue durant près d'un an. Le petit était chouchouté par les femmes du clan. Et puis elle a mûri très vite, ma belle Sara.

– Comment vous êtes-vous revues ?

– Naïha et moi, on vivait à Donostia [17], chacune dans nos familles d'accueil respectives. Une vie plutôt tranquille. On se voyait assez souvent, et on parlait toujours de Sara. On a réussi, durant les grandes vacances, à obtenir le droit d'aller la voir. Sa famille à Guernica nous a très bien accueillies. Le gamin marchait déjà. Sacrée bouille ce Gorka. On a passé une semaine extraordinaire. Il était beau et les cousins de Sara aussi ! Et on s'est juré de se voir le plus souvent possible.

– Vous y êtes arrivées ?

– Malheureusement, non. La première année, on ne s'est revu que deux fois, jusqu'à l'été suivant. Encore plus fabuleux que le précédent. Mais Sara avait changé. Elle avait perdu ses kilos de grossesse et mieux encore. Elle était très athlétique, le cheveu désormais court. Elle avait appris la boxe, le tir au pistolet… Mais nous étions toujours unies comme les trois doigts de la main.

Maïka sourit sous ses larges lunettes de soleil qu'elle n'avait pas quittées. Elle reprit.

– Cet été-là, on a eu toutes les trois tour à tour nos 18 ans. Je suis tombée amoureuse d'un de ses beaux cousins. Il est aujourd'hui mon mari. Naïha a aussi connu une amourette avec un des cousins de Sara au village. Je

17- San Sebastian, ou Saint-Sébastien, en langue basque

vous résume un peu, mais qu'ils étaient beaux tous ces gars du pays. Et puis un jour, on a été invité par un des oncles dans une réunion un peu spéciale. C'était un rendez-vous de l'ETA. On y recrutait de nouveaux éléments. Garçons et filles.

Les deux femmes échangèrent un long regard, silencieux.

– Et vous êtes entrées dans ce combat terroriste, presque mille morts en trente ans ?

– 829 exactement. Je vois que vous êtes formatée *made in France*. Vous ne pouvez pas savoir à quel point le peuple basque est fier et à quel point il est légitime dans sa volonté d'indépendance. Oui, nous avons défendu la cause. Nous donnerons notre sang pour notre terre. Ça, nous le chantions. Dois-je vous parler de la répression contre les Basques sous Franco, des manifestations réprimées dans le sang, des exécutions du GAL sur le sol français ?

– Vous avez combattu toutes les trois ?

– Nous étions inséparables, je vous l'ai dit. De cette première réunion, je n'ai gardé qu'un souvenir fabuleux. On était en 1999. Je me souviens qu'on parlait d'une trêve qu'il fallait rompre, faute de négociations favorables avec le gouvernement espagnol. Des femmes levant le poing et scandant le nom de leur leader. « Antza, Antza, Antza ». Des hommes forts et puissants, le regard décidé. Ils étaient magnifiques nos guerriers. Nous étions galvanisées, je crois que je serais morte sur place s'il avait fallu.

Maïka s'arrêta un instant pour avaler une gorgée d'eau. Elle dévisageait Mélissa.

– Je vais vous raconter certaines choses mais qu'il ne faudra pas évoquer dans vos articles. Si je vous parle aujourd'hui, c'est à la fois pour sauver mon amie Sara, ma sœur, et faire comprendre son geste. En même temps, je ne peux assumer tout ce qu'elle a fait. Cette fois, elle est allée trop loin. En revanche, d'aucune manière, il ne faudra que ne soit retranscris ce que nous avons fait pour Askatasuna(18). Je vous fais confiance pour être évasive.

– Sinon ? Mélissa tentait, comme à son habitude, un peu de défiance. Mais à peine avait-elle lancé le mot qu'elle le regrettait.

Maïka dévisagea une nouvelle fois la reporter, plantant, à travers ses Ray Ban, ses deux yeux noirs dans les yeux jade de Mélissa. Elle mit quelques secondes à lancer, rictus juste dessiné.

– Vous serez la 830e victime. Et je m'en chargerai personnellement.

Mélissa avala sa salive. Tordit sa bouche en biais et mordit sa lèvre. La conviction avec laquelle avaient été lâchés ces quelques mots ne souffrait d'aucune contestation. Elle faillit se lever pour partir. Mais la curiosité l'en empêchait.

– Je ne le fais jamais habituellement, mais je vous ferai relire l'article.

– Pas besoin, je sais qu'il retranscrira la vérité. On m'a dit que vous étiez une journaliste de confiance. Ce n'est pas toujours le cas.

18- Mot basque signifiant liberté. C'est aussi un parti politique nationaliste et séparatiste basque

Les deux femmes burent une rasade d'eau en même temps. D'un coup, Maïka se leva. Elle enleva ses lunettes, qui laissaient apparaître des yeux fortement maquillés en noir, puis son pull, doucement, le débardeur et enfin le soutien-gorge, pour être torse nue devant Mélissa. Cette dernière était gênée, devant les deux petits seins ainsi exposés.

– J'ai été moins gâtée que vous par la nature ! Un grand sourire de satisfaction se dessina sur le visage de Maïka, qui se tourna de trois quarts. Elle venait de dévoiler un tatouage en forme de croix basque, sur son omoplate droite.

Maïka se rhabilla.

– Le même que Sara…

– Et que Naïha… Après que la trêve ait effectivement été rompue en novembre 1999, nous avons multiplié les opérations avec ETA. Nous étions jeunes et affûtées, délurées ; de vraies tigresses. Nous étions dans les commandos opérationnels. En janvier 2000, nous avons participé à l'attentat à la bombe qui a fait exploser Pedro Antonio Blanco Garcia, lieutenant-colonel de l'armée espagnole.

– De mémoire, il y avait eu aussi des blessés, dont une fillette de 13 ans. Et vous visiez un général, pas ce colonel…

– Dommage collatéral. Mais la petite fille n'est pas morte, et qu'est-ce qu'une vie face à cette cause. Sara, Naïha et moi, nous avons surveillé le général pendant des jours entiers. Il aurait dû prendre la voiture dans laquelle le colonel a explosé. Mais de toute façon, ce fait de gloire nous a permis de montrer que nous ne plierions jamais devant les exigences du gouvernement espagnol.

Toute l'année 2000, nous avons participé à une dizaine d'opérations. À Andoain, pour José Luis Lopez, journaliste au quotidien libéral *El Mundo*, à Durango, pour Jésus Maria Pedrosa. Puis Tolosa, Zumaïa, Pampelune, Vitoria, jusqu'à ce jour de novembre 2000. Et Ernest Luch.

– J'ai lu ça : l'ancien ministre socialiste de la Santé du premier gouvernement de Felipe Gonzalez, est tué par balles par trois hommes non identifiés dans le parking de son immeuble à Barcelone. L'attentat est non revendiqué, mais imputé à l'ETA.

– Trois hommes, vraiment ? Maïka affichait un sourire satisfait.

– Oui, il me semble qu'ils ont été retrouvés et condamnés à plus de 30 ans de prison.

– C'est vrai. José, Liarni et Fernando ont été inculpés, avec nos secrets. Nous étions leurs ombres. On nous appelait parfois Commando Madrid, parfois Commando Barcelona. Mais cette opération nous a été défavorable. La rue s'est levée pour dire stop. Il y a alors eu la plus grande manifestation de l'histoire de la ville contre ETA. On a dissous les équipes, remplacées par d'autres pour l'année 2001. On nous a demandé de partir nous cacher pour un moment. On pensait que ça durerait un an, deux ans… Mais on s'est cachées durant près de cinq ans. Avant ça, Sara, Naïha et moi, nous voulions être marquées à vie par ce qu'on avait fait, de ce qui nous avait réunies. Et qui nous réunirait à vie. Pour éviter de se faire repérer au sud, on a décidé de passer au nord de la Bidasoa, pour se faire tatouer toutes les trois à Hendaïa(19). On a hésité entre le serpent enroulé autour d'une hache, symbole d'ETA, et une croix basque. On a choisi la croix. Alors on s'est faites marquer la peau toutes les trois au même endroit. Et on s'est dit adieu.

– Vous avez cessé de vous voir ?

– Naïha est partie un moment en Bretagne, vers Carnac. Moi j'étais à Strasbourg, et Sara a fait croire à tous qu'elle était partie à Paris, sauf que, têtue comme une bourrique, elle est restée en Espagne, mentant à sa propre famille. Naïha a vendu des crêpes, moi j'ai servi dans des bars et Sara a vécu du commerce de son corps, écumant tous les bordels de l'Espagne.

– Et son fils ?

– Il est resté à Gernika. Elevé par les tantes. Mais elle s'est débrouillée pour le voir. Elle venait à Gernika, faisant croire qu'elle arrivait de Paris.

– Vous ne vous êtes pas vues durant tout ce temps ?

– Une fois, oui, pendant un week-end. Une fois en cinq ans. Puis à partir de 2006, la traque aux militants de l'ETA s'est essoufflée. De plus en plus, l'abandon de la lutte armée animait les réunions. Le mouvement souffrait d'une mauvaise réputation, une majorité de la population haïssait ETA. On s'est retrouvées toutes les trois un soir pour se décider à prendre nos distances avec l'organisation. Ce qu'on nous a accordé pour services

---

19- Hendaye en basque

rendus. Et on a posé nos valises en colocation dans un appartement à Donostia. Toutes les trois et Gorka. La petite Angel est née plus tard.

– Excusez mon indiscrétion, mais votre mari vous a laissée vivre avec elles ?

– Il était prisonnier politique, incarcéré en France. Il a été libéré seulement en 2010. Date à laquelle j'ai quitté notre collocation de San Sé. Le 5 septembre 2010, ETA a annoncé un cessez-le-feu et le 20 octobre 2011, l'arrêt définitif de ses activités armées. Même si ça nous a fait mal, on a franchement soufflé. Le combat est désormais politique. On a de nouveau pu se balader dans la rue sans avoir peur de la Guardia Civil. Et ça, c'est une liberté incroyable, je vous assure.

Devant le flot de paroles continues, Mélissa avait cessé de prendre des notes. Elle écoutait avec attention, à la fois admirative et effrayée. Elle imaginait qu'il fallait certainement être natif de cette terre pour mieux cerner le fond de cette lutte, dont la genèse se situe dans les années de dictature de Franco. Mais que cette cause ne justifiait pas autant de morts, quel que soit le camp. Par association d'idées, elle se mit à penser aux derniers attentats islamistes. Elle avait cette certitude qu'aucune cause au monde ne valait une goutte de sang d'un homme ou d'une femme.

– Vous ne m'écoutez plus ? Je sais, je parle trop.

– Pardon, pardon, si si, je vous écoute avec attention. Je me demandais : vous n'avez jamais été soupçonnées de quoi que ce soit ?

– Nous avons toujours été préservées par nos chefs. Je crois qu'ils nous admiraient. Comme nous, nous les admirions. Ils nous ont protégées, souvent. Nous étions un peu les préférées. Mais on est passées parfois tout près de l'arrestation.

– Et pour en revenir au décès de Nahïa…

D'un coup, les traits du visage de Maïka s'étaient tirés. Elle se leva du sofa pour aller perdre son regard au-delà de la baie vitrée. Mélissa la suivait des yeux. Dans le reflet des carreaux, elle crut voir une silhouette située derrière elle, dans l'embrasure du couloir. Maïka reprit.

– Sara avait beaucoup d'influence sur nous. Mais moi, j'avais un mari qui venait de rentrer et qui n'attendait plus qu'une chose, d'être à mes côtés et de fonder une famille. On est retourné s'installer près de Gernika en 2011. J'ai à mon tour eu un enfant. Sara a continué à travailler dans la prostitution, si on peut appeler ça un travail, mais il ne s'agissait plus d'enchaîner les mauvaises passes à 50 euros, mais d'en faire un *business*. Elle s'est acoquinée avec un sale type. Un tenancier de bordels, un proxénète. Aïtor Hernandez de Almeida. Un Ibérique dans toute sa splendeur. Barbu, poilu, macho. Je crois que Sara est tombée sous le charme. Enfin, elle se sentait surtout protégée. Elle m'a toujours dit qu'un jour elle le larguerait. Quant à Naïha, amoureuse du cousin de Sara, qui ne voulait plus d'elle, les alternatives étaient limitées. La lutte armée ne nous a pas rendu riches, bien au contraire…Et sans le soutien de l'organisation, du moins très réduit, on ne pouvait pas aller bien loin. Elle est devenue call-girl, entraînée par Sara. On s'est fâché très fort, je leur en ai voulu. Mais notre amitié était plus forte. Surtout, Naïha, après quelques passes, a carrément pris la gérance d'un bordel. Elle n'aura fait commerce de son corps qu'une poignée de mois. Elle ne pouvait pas. Pour Sara, c'est différent. Elle aime ça. Elle s'est un peu émancipée du proxénète barbu, « El Gato » qu'il se fait appeler – n'importe quoi – et a monté son propre *business* en France. À Bordeaux. Je n'en revenais pas de voir l'argent qu'elle a pu brasser. Il n'était plus question de passes minables à 50 euros, mais parfois de rendez-vous à plus de 2500 euros la soirée. Du grand luxe, dans un milieu huppé. Et avec beaucoup de footballeurs. Et chaque année, les nouvelles recrues des clubs pros, que ce soit à Bordeaux ou à Donostia, se passaient le mot pour avoir affaire à ses charmes et à ceux des filles que Sara employait. Une proxénète.

Mélissa restait abasourdie. Elle ne put s'empêcher de demander.

– Un certain Pierre Perlon, ça vous dit quelque chose ?

Maïka marqua un temps d'arrêt. Son visage s'était à nouveau fermé. Elle reprit.

– Bien sûr. C'était le *coach* du club de Bordeaux à une époque. Un beau mec, il m'aurait plu celui-là. Assez grand, épaules carrées, yeux bleus magnifiques, toujours élégant, même en survêtement. Ils se sont entichés l'un de l'autre pendant un petit moment. Et lui a disparu d'un coup. Un beau salaud ce type au final. Elle l'a mal pris. Mais c'est important ?

– Non, non, allez-y. Mélissa se mordit une lèvre. Elle ruminait. Perlon avait donc bien couché plusieurs fois avec une pute.

– Le fameux Aïtor était plutôt compatissant avec Sara, je crois même qu'il la vénérait quelque part. Bon, leur relation était assez sulfureuse, je t'aime moi non plus, si vous voyez ce que je veux dire. Des vases ont volé. Mais ils s'entendaient bien la majeure partie du temps. Ce qui n'était pas du tout le cas avec Naïha. Plus le temps avançait, moins ces deux-là se supportaient. Ils s'accrochaient sur tout, et souvent pour de l'argent, sur la manière de tenir le bordel, si on peut dire ça. Ils se voyaient presque tous les jours, alors que Sara multipliait les allers-retours vers Bordeaux.

Maïka reprit son souffle. Avala une nouvelle gorgée d'eau.

– Vous ne voulez pas autre chose que de l'eau ? Un petit irouleguy ?

– Ah non, surtout pas. Même si une manzana, ça me détendrait.

Une fois la liqueur de pomme verte servie dans deux verres glacés, Maïka adressa un large sourire à Mélissa.

– Ça me fait un bien fou de vous parler. Ne soyez pas tendue. Il ne vous arrivera rien.

Mélissa ne savait quoi dire. Puis elle osa.

– Je ne sais pas si c'est bon pour ma santé de savoir tout ça.

Les deux femmes échangèrent un regard gêné.

– Bon, voilà, on arrive au but. Désolée si je vous ai assommée de mes mots. Le mardi soir qui a précédé la fameuse mise en scène de la soi-disant mort de Sara, Aitor est venu à l'appartement des filles. Il savait que Sara était à Bordeaux, et que Gorka était, comme tous les mardis soir, à son entraînement de boxe. Naïha se trouvait seule. Tout ce que je vais vous raconter maintenant, c'est la version de Gorka. Moi, je n'y étais pas encore.

– Pourquoi Gorka?

– Parce qu'il a fait demi-tour, il avait oublié à l'appartement les gants de boxe tout neufs qu'il venait de s'acheter. Il voulait les étrenner à la salle. Mais quand il est arrivé, il a de suite entendu des cris. Au milieu du salon, Aitor tenait Naïha par les cheveux, elle était à genou et le gros porc lui hurlait: « Où est-ce que vous cachez votre pognon! ». Il faut savoir que les filles avaient énormément d'argent en espèces planqué à l'appart, au moins 200000 euros. Ils n'ont même pas vu ni entendu Gorka. Naïha s'est débattue, et lui a dit d'aller se faire voir, et il lui a alors porté des coups violents, dont un énorme coup de pied au visage. Sa tête à heurté la table basse en marbre. Gorka est intervenu.

– Et?

– Attendez, laissez-moi boire un peu. Maïka se servit un second verre.

– Il s'est rué sur Aitor. Les deux hommes se sont battus. Coups sur coups. Vu l'état de l'appartement quand je suis arrivée plus tard, ça a dû être très violent. Alors qu'Aitor était en train de l'étrangler, Gorka a pris une paire de ciseaux dans le tiroir de la commode et lui a planté dans la carotide. Le sang a giclé partout.

– Mon dieu…

– Le gros cochon, non, pardon, El Gato, est mort en se vidant de son sang.

Mélissa sentait la panique monter. Les secrets dévoilés devenaient lourds à porter. Elle se sentait menacée d'en savoir trop. Elle ne savait plus quoi dire, quoi faire. Quelqu'un venait de se déplacer dans le couloir, elle en était sûre désormais. Maïka regarda Mélissa dans les yeux. Le sourire était éclatant. La reporter avait du mal à cacher sa crainte.

Un jeune homme brun, musculeux, cheveux courts sur le dessus, longs dans la nuque, anneau à l'oreille, jean, tee-shirt blanc, se déplaça jusqu'à Maïka.

– Ola. Tout va bien Mamika ?

– Oui, Imanol, ne t'inquiète pas. Je te présente la journaliste. Assieds-toi, je lui raconte. Mélissa, voici Imanol, le premier fils de mon mari, Iban.

– Tout, Maïka ?

Imanol et Maïka eurent un échange en langue basque.

Mélissa était tétanisée. Sa bouche ne pouvait pas s'ouvrir.

– N'ayez pas peur. On ne vous fera pas de mal si vous tenez parole. Elle va nous aider, glissa Maïka, en tournant la tête vers Imanol.

– Tu fais confiance aux journaleux, c'est nouveau ça… Mais soit, tu décides.

Mélissa glissa sa main dans sa poche droite, cherchant compulsivement son téléphone.

– Laissez le téléphone, renchérit Maïka. Je vous le dis, il ne vous arrivera rien si tout se passe bien dans le cadre de notre échange.

– Voilà ce que Gorka nous a raconté. Une fois son souffle repris, il s'est avancé vers Naïha allongée. Il a essayé de la réveiller, mais elle ne répondait pas. Du sang coulait de son oreille. Il a pris le pouls. Elle ne respirait plus. Il était en panique et le corps d'Aïtor continuait à bouger. Les nerfs. Il a failli appeler les urgences, mais avant, il a appelé sa mère. Au boulot, à Bordeaux, comme tous les mardis. Elle lui a dit qu'elle prenait la voiture, que surtout il ne touche à rien, qu'il ne prévienne en aucun cas les secours. Sinon, ils auraient tous des ennuis. Qu'elle allait prévenir tata Maïka, qu'elle viendrait avec un docteur. Moi donc. Et j'ai eu Sara au téléphone. Je suis arrivée, une heure et demie après, de Guernika, avec Iban, mon mari, et Jon, un médecin de la cause. Son surnom : Garbia, pour garbiagoa, ou le nettoyeur. Une fois sur place, quand j'ai vu ça, tout ce sang, ça m'a rappelé des mauvais souvenirs. Jon n'a pu que constater les deux morts. J'ai pleuré sur Naïha, ma Nahïa, toutes ces années. Ma sœur. Je l'ai serrée contre moi. Fort, très fort.

– Mais pourquoi ne pas avoir appelé les secours plus tôt, vous avez pris un risque ? Elle était peut-être encore vivante ?

– Je comprends votre réaction. C'est ce que je voulais. Ce n'était pas le choix de Sara. Que je comprends aussi. Elle ne voulait pas que l'on soit découvertes. Que notre passé ressurgisse à la face de tous. Qu'on arrête son fils Gorka et qu'on mette un gamin de 19 ans en prison. Pas question. Il fallait qu'on réfléchisse. J'ai rassuré Gorka. On a attendu sa mère. Elle s'est pointée 1 h 30 après moi.

Le jeune Imanol fixait Mélissa dans les yeux. La journaliste était mal à l'aise. Maïka reprit.

– C'est là que Sara a mis en route une mécanique machiavélique. Je l'ai vue froide et méthodique comme rarement. Elle a d'abord demandé aux hommes de s'occuper du corps d'Aitor, définitivement passé dans le royaume des morts. Jon l'a nettoyé. Elle m'a regardée, grave, et elle m'a dit : « moi aussi, je vais disparaître, Maïka ». J'étais stupéfaite, mais elle avait aussi de nombreuses raisons de vouloir disparaître de la circulation. Je sais que la ligne téléphonique qu'elle utilisait pour organiser ses passes était sur écoute. Un truc con au départ, en plus. C'est un de ses clients, un gros revendeur de motos qui était surveillé pour du trafic. C'est comme ça qu'ils l'ont détectée. Son nom était dans un dossier du procureur, et elle était à deux doigts de se faire arrêter pour proxénétisme.

– Comment ça disparaître ?

– Elle a pris les clefs de l'un de ses appartements, celui d'Hendaye, au bord de l'océan. Elle en a quatre. Celui-là lui servait de base pour organiser ses soirées dans le sud de la France. On a attendu la nuit noire. Jon et Iban ont porté Aitor par les épaules, bras dessus, bras dessous, comme on porte un copain qui a trop bu. Ils ont fait semblant de lui parler, au cas où on les observe. Ils l'ont assis à l'arrière de leur voiture. Aujourd'hui, je ne sais pas ce qu'ils ont fait du corps, je n'en ai jamais reparlé à mon mari. Tu sais toi Imanol ?

– Disons qu'il a dû finir comme il a vécu, au milieu des porcs.

Mélissa se leva.

– Je ne peux pas écouter tout ça. Vous imaginez ce que vous me dites là. Vous êtes des assassins. Je ne peux pas continuer.

– Asseyez-vous, asséna sèchement Imanol. Vous allez apprendre à vivre avec des secrets.

Maïka reprit.

– Nous n'avons fait que nous défendre. Et nous avons pleuré Nahïa. Avec Gorka, Sara et moi, nous nous sommes recueillis une nouvelle fois sur la dépouille de Nahïa. On a demandé à Gorka de sortir. Et on l'a déshabillée. Je pleurais. Pas Sara. Elle a quand même fini par l'embrasser sur le front. « Askatasuna » qu'elle lui a murmuré. Drôle de liberté. On l'a vêtue de dessous affriolants, comme si elle venait de travailler avec un client. Puis, Sara a décidé de lui lier pieds et poings, comme pour simuler une captivité, voulue ou non, d'un de ses clients. Elle a même sorti une boîte avec du sperme, de ne je sais pas d'où ! Pour moi, s'en était trop. On s'est engueulées. Elle ne pouvait pas faire ça à Naïha.

Imanol parla à Maïka en euskara, elle répondit en français.

– Parce que la demoiselle n'écrira que ce qu'on lui dira d'écrire. Qu'elle nous oubliera de ses lignes, toi et ton père. Et que si elle raconte tout, c'est elle qui y passe.

Mélissa grimaçait sa crainte, ses mains transpiraient sa peur.

– On a attendu le petit matin et le retour de Jon et d'Iban. Ils sont revenus avec une petite fourgonnette. On a mis le corps de Naïha dans le frigo. Et on a descendu le frigo dans la camionnette, puis on a livré le tout à Hendaye. Jon et Iban dans le fourgon, Sara, Gorka et moi, dans ma voiture. On n'est pas passé par l'autoroute et l'ancien poste frontière, à Biriatou, pour éviter les contrôles. On a pris par les cols. Nos contacts nous ont permis de savoir où patrouillait la douane volante. Arrivés à Hendaye, le vent était fort, les vagues s'éclataient sur les parapets du boulevard. Je me souviens d'énormes flaques d'eau sur la route. La résidence est pratiquement vide à cette époque de l'année. On a monté le frigo comme si on était des livreurs lambda de chez Darty. Mais on avait notre amie, notre sœur, dans ce satané bac à glace.

– Laissez-moi partir.

– Vous vouliez savoir non? Je n'en ai plus pour longtemps.

Imanol se leva. Appuya sur l'épaule de Mélissa pour qu'elle fléchisse.

– Une fois en haut, -on en a chié-, la mise en scène macabre a continué. Gorka, Iban et moi, nous avons préféré nous échapper. C'était mieux ainsi. Jon et Sara ont appliqué le traitement que vous connaissez au corps de Naïha. Alcool à brûler et tout ça. Sara voulait absolument que l'on croit que c'était elle. Et puis elle nous a dit qu'elle avait une idée pour faire porter le chapeau « à une bande de gros salauds » m'a-t-elle dit. Elle avait récupéré des chaussettes et cette fameuse boîte de sperme de l'un de ses derniers clients, le jeune Joshua McKinney. Pas de bol pour lui. Sara, je ne l'ai pas revue depuis.

– Qui a découvert le corps, puisque ce n'est pas Nahïa ?

– À votre avis ?

– Sara ?

– Oui, deux jours plus tard, pour coller avec sa soirée bordelaise. Elle était avec sa fille Angel. Au nez et à la barbe des policiers. Elle s'est un peu maquillée, et a usé de son culot habituel.

– C'est quoi le *deal*? Mélissa souhaitait sortir de ce mauvais pas.

– Vous attendez lundi prochain pour écrire tout ça, ça me paraît bien. Vous le tenez votre *scoop* : vous révélez à tout le monde que la fille morte n'était pas Sara, mais bel et bien Naïha. Que Sara a tout maquillé. Vous disculpez le petit McKinney.

– Pour Sara et Naïha, je le savais déjà. La police va très vite le savoir. Les résultats de l'autopsie sont déjà sur les bureaux des policiers qui mènent l'enquête. Le procureur va tout dire demain.

– Alors parlez-en demain. Mais vous n'aviez pas la suite. Et eux en sont à des années lumières. Et vous êtes la seule à connaître mon existence. Lundi, vous raconterez la vérité. La dispute Nahïa et Aitor, pour l'argent. Vous n'avez qu'à écrire qu'ils se sont entretués. Restez évasive. Vous savez faire. Vous oubliez juste le petit Gorka, vous m'oubliez moi, et vous ne nommez pas Jon et Iban. La mort d'Aitor, ça aussi c'est un *scoop*, la police le cherche partout. Et votre histoire de trois filles à tatouages, ça ne va pas être une bombe ça ?

Mélissa avait la boule au ventre. L'histoire était énorme. Après l'interview de McKinney, une seconde couche. Elle imaginait déjà les retours, la tête de ceux qui liraient cette histoire invraisemblable, le *scoop* corroboré avec le résultat de l'autopsie. Les croix basques. La tête de ses chefs, de Serminal, aux faits divers.

– La police va me demander de rendre des comptes. Comment j'aurais pu apprendre tout ça…

– Et la protection des sources, ça n'existe plus ?

– Les policiers vont sûrement avoir le même raisonnement que moi et arriver jusqu'à vous… Et s'ils mettent la pression à ma direction, ce sera difficile. Je n'aurai pas beaucoup de choix.

– Si vous écrivez nos noms, nous non plus, n'auront pas beaucoup de choix. J'ai une solution pour la source : vous dites tout simplement que c'est Sara qui vous a appelée, que c'est elle que vous avez rencontrée, mais pas moi. Ou tout simplement, que c'est un de ses hommes de main qui vous a parlé.

– Je ne peux pas mentir.

– Elle est sûrement déjà loin. Avec sa fille. Et je vous rassure, elle ne se fera jamais arrêter vivante. Mais vous pouvez encore tout garder pour vous. Quand vous avez cherché à me contacter, on a aussi pensé à vous éliminer Mélissa. Vous êtes la seule à connaître notre existence. Mais si nous avons tué par le passé, ce n'était que pour la cause. Je ne tiens pas à vous tuer, innocente. Nous avons juste besoin de temps. Et votre article peut nous en faire gagner.

– Pourquoi me dire tout ça ?

– Vous m'avez cherchée non ? C'est vous qui vouliez savoir.

– Oui… Je suis servie.

– L'attitude de Sara m'a révoltée. Je me suis imaginée à la place de Naïha. Elle aurait aussi pu mutiler mon corps, comme ça. Me massacrer. Et puis vous avez raison quelque part : peut-être qu'en appelant les secours plus tôt, Nahïa avait peut-être une chance de s'en sortir. Sara s'est mise dans de beaux draps en côtoyant ce malfrat, elle a mis notre clan en danger. Et si elle est arrêtée, elle n'ira pas en prison bien longtemps. Après tout, elle n'a tué personne. Juste maquillé des faits. Mais pour Gorka, ça risque d'être plus compliqué.

– Je peux partir ?

Maïka sourit.

– Bien évidemment. Imanol va vous raccompagner.

À l'entrée, Mélissa s'aperçut que les bagages avaient disparus. Elle osa.

– Vous partez en voyage ?

– Vous êtes vraiment curieuse. Vous avez raison, oui, on va aller se promener, changer d'air. Après ce qu'on vient de vous raconter, pas sûr qu'il soit bon de croiser rapidement Sara Lopez Irazabal. Vous le saurez, si un jour vous la rencontrez. Je ne vous le souhaite pas. Et je pense que croiser le cousin est encore bien pire.

Une fois dehors, Mélissa avala une grande bouffée d'air. La boule au ventre ne la quitta vraiment que lorsque la Mini Cooper avait démarré. Elle ne savait plus vraiment que faire. Mais elle avait une telle histoire à raconter. Une fois chez elle, la journaliste se mit à écrire. Elle reprit tous ses témoignages, notamment celui du tatoueur d'Hendaye.

17

Vendredi

Pierre Perlon avait donc été opéré une seconde fois, la veille. Il apparaissait serein sur son lit, même intubé de façon spectaculaire. Mélissa lui tenait la main, il avait ouvert subrepticement les yeux avant de les refermer aussitôt. La jeune reporter avait senti une légère pression sur ses doigts.

Sur la table de nuit, un dessin de Pablo, le plus jeune fils. Il avait croqué son père, ballon au pied, sous le maillot du club de Barcelone. Certainement calqué d'une image d'archive, conservée depuis des années dans un tiroir secret. *Je t'aime papa.*

Cette fois, Mélissa avait reçu l'autorisation de rester plus longtemps. Elle avait expliqué être la petite amie. De toute façon, le service souhaitait que l'ancien *coach* soit entouré un peu plus, pour l'aider à surmonter le coma et son réveil. Il fallait un bon équilibre entre stimulation et repos.

Les cellules du cerveau se remettent progressivement à fonctionner, mais personne ne se réveille sur un claquement de doigts, comme dans un film, avait expliqué le neurochirurgien. *Le réveil du coma s'annonce par des petits signes, qui, avec le temps, deviennent de plus en plus reproductibles, mais on ne peut pas forcer les choses.* »

Mélissa parlait à Pierre. Elle lui racontait toute l'histoire entendue la veille chez Maïka. Ces rencontres folles, les trois filles tatouées, l'ETA, le massacre de l'appartement. Le matin même, elle avait donné l'info à Serminal pour qu'il la publie : Sara Lopez Irazabal n'était pas la jeune femme retrouvée assassinée, mais Nahïa Gonzalez. Du coup, le procureur de la République avait carrément annulé sa conférence de presse du matin, ce qui avait fait râler tous les confrères. Le journal *Aquitaine Éclair* avait battu son record de vente de l'année.

Mélissa expliquait comment elle se torturait les méninges. Elle avait pris sa décision. Elle expliqua à Perlon qu'elle écrirait un dossier avec toutes les infos données par Maïka. Mais elle écrirait tout, peu importe les menaces.

Perlon lui serra la main une nouvelle fois. Ses yeux restaient clos, mais ses lèvres tremblotaient. Pour se rassurer, elle justifiait auprès de l'ex-entraîneur qu'elle ne rentrerait par contre pas dans le détail du passé etara des filles. Mais elle n'omettrait ni Maïka, ni Gorka.

Le flot de paroles s'écoula jusqu'à la tombée de la nuit. Perlon n'avait plus fait aucun signe, ni de la main, ni des yeux. Il semblait dormir paisiblement. Mélissa finit par s'approcher de son visage. Elle aurait voulu l'embrasser si un tube ne lui obstruait pas les lèvres. Elle finit par poser un baiser sur son front. Et lui murmura quelques mots.

– Pierre, combien de temps encore allons-nous nous croiser. Mon cœur bat pour vous. Pour toi.

***

Les deux capitaines de police, Stéphane Boulanger à Saint-Jean-de-Luz et Éric Claroux à Bordeaux, s'étaient branchés via *Skype*. Ils se voyaient par ordinateurs interposés.

– Tu as l'air fatigué ? lança Boulanger.

– Tu sais que le vendredi matin, je ne suis pas forcément en cannes… Grosse soirée hier. Fallait que je décompresse de cette semaine de fou.

– Ce n'est pas fini mon vieux. La police scientifique espagnole a réussi à trouver la trace du ou des bénéficiaires des sommes versées au maître chanteur ; un joli petit réseau de comptes, bien ficelés. Au bout, on a trois comptes bancaires où l'argent circule avec des débits d'Aitor Hernandez, de Nahïa Gonzalez. Et on a une multitude de virements vers le compte d'une certaine Maïka Pandeles

Detcherry… On connaît les deux premiers, Naïha Gonzalez est la pute morte, Aitor le maquereau en vadrouille. Mais on ne connaît pas la troisième. Pour l'instant, il y a beaucoup d'homonymes. On cherche.

– Bon, ça avance. Doucement mais sûrement. J'attends avec impatience que Perlon sorte du coma, il va s'en sortir. À mon avis il aura des choses à nous dire. Il a le don pour se retrouver dans des coups fourrés celui-là.

– Ah j'oubliais: figure-toi qu'on a arrêté un détective privé hier. Le gars était entré par effraction dans l'appartement d'Aïtor trucbidule, le maquereau disparu. Le gars est payé par la famille McKinney, du moins la mère. Il cherchait à détruire toutes les preuves qui pouvaient incriminer Joshua. Il était déjà venu en France il y a quelques temps pour rendre compte des faits et gestes entre Joshua et Sara.

– Purée, ça c'est une mère qui couve son gamin. Vous l'avez coffré?

– Ce qui est plutôt bien, c'est que grâce à lui, on a pu trouver un disque dur et un PC où étaient stockées un paquet de vidéos pornos des clients de Sara. Mais on lui a fait passer une petite nuit au frigo oui, j'aime bien faire ça aux privés. Ça me fait marrer. J'ai demandé à ce qu'on lui donne à manger des cuisses de grenouilles.

Les deux hommes se mirent à rire.

– T'es con…

– Et c'est moi qui ai ramené sa BM depuis l'Espagne. Purée, ça avance bien, j'ai poussé, et je me suis fait flasher.

Les compères finirent sur un large sourire. Et convinrent de se voir en début de semaine suivante.

18

Le lundi suivant

– Mélissa, je tenais à te féliciter pour la double page du jour. En mon nom, mais aussi en celui du PDG du journal. Bravo.

Simon Labeyrie, le rédacteur en chef, était debout devant elle, assise à son bureau. Elle lisait les nombreux messages reçus par mail ou sur les réseaux sociaux. Les commentaires aussi, élogieux comme scabreux, qui s'accumulaient sur la version digitale de son dossier.

– Eh bien…

– C'est un boulot de pro ce que tu as fait, poursuivait Labeyrie. Une histoire terrible, des témoignages poignants.

On a fait un nouveau carton en vente papiers et tu as le record des connexions sur le site ! Plus que les attentats de *Charlie*, plus que l'élection de Trump ! Du bon boulot. Voire même du très bon boulot. Écoute-bien, parce que je ne te le dirais pas souvent. Le journal de 13 heures de la première chaîne veut faire un sujet. Et ils te veulent en interview.

– Ça fait deux fois que tu me félicites en une semaine patron, déjà après l'interview de Joshua McKinney…

Comme pour mieux réussir son effet à suivre, le rédacteur en chef encravaté prit un temps mort, avant de lancer :

– Par contre, j'ai une mauvaise nouvelle, Marchand.

– Ah, on revient au « Marchand », ce n'est pas bon. Je suis augmentée et ça te fait chier ?

– La police veut te voir. Et que tu leur en racontes encore plus. Tu t'y attendais non ? Ne t'inquiète pas, on va te couvrir.

– J'ai déjà tout écrit ou presque.

***

Deux jours plus tard

– Merci d'avoir répondu à notre convocation.

– Pas de souci capitaine Claroux, je m'attendais même à être vue dès lundi.

– Nous n'avions pas de raisons, votre article a mis au jour toute l'affaire, et je peux vous dire que nous avons pris une sacrée soufflante. Rien que de ne pas avoir interrogé le tatoueur… Enfin, là, c'est surtout le service de Boulanger qui a trinqué. Bref, du bon boulot. Mélissa, tout ce que vous décrivez dans l'article est pour la majeure partie la réalité. Et vous nous avez fait avancer très sérieusement. Tout concorde : au club de boxe, Gorka est bien arrivé puis reparti, après avoir oublié ses gants neufs. Il n'est jamais revenu au club ce soir-là. Aitor Hernandez de Almeida, lui, n'a jamais été revu depuis ce fameux mardi. Pourtant, il a été aperçu venant à l'appartement par le tenancier du bar d'en face. Il l'a formellement reconnu. On peut corroborer. Bravo. Et c'est bien le corps de Nahïa Gonzalez qui est à la morgue. Et on a effectivement retrouvé trace d'une troisième fille tatouée, qui s'appelait Maïka Pandeles Detcherry. Celle qui est, si on lit bien entre vos lignes, votre principale source…

Mélissa se mordit les lèvres. Elle mit la main dans ses cheveux pour tourner ses mèches en boucle. Comme ses pensées. C'était bien Maïka qui lui avait parlé. Elle ne pouvait pas le cacher. Elle hésita mais incapable de se retenir, lança tout de même, sur un ton joueur :

– Pourquoi ?

Le capitaine prit son temps.

– Grâce à votre article, la police espagnole est allée perquisitionner à Gernika. On a mis la main sur Iban, le mari de Maïka. Et les chaussures et des vêtements ayant appartenu à Aitor Hernandez de Almeida. Dans une porcherie. J'ai peur de ce qui a pu lui arriver. On cherche toujours le fameux Jon qui aurait aidé à faire disparaître les corps. Mais figurez-vous qu'on a trouvé le fameux Iban très abattu lorsqu'on lui a parlé de sa femme.

– Ah ?

– Parce que Maïka Pandeles Detcherry est décédée il y a sept ans, en accouchant d'une jolie petite fille, dénommée Angel Pandeles Detcherry…

Les épaules de la journaliste tombèrent en même temps que ses paupières. La bouche grande ouverte, Mélissa Marchand semblait tétanisée.

– Ça fait un choc n'est-ce pas ? Mais ne désespérez pas, on va continuer à enquêter. Surtout, ce qu'on a compris, c'est que c'est Sara Lopez Irazabal qui élevait la petite Angel. Le mari Iban n'est pas le père. Elle est issue d'un adultère, alors qu'Iban était prisonnier. Il n'a pas voulu reconnaître la gamine. Elle a vécu avec Sara. Le fameux Iban nie sur toute la ligne avoir aidé la bande à réaliser la scène macabre. Mais il finira par avouer avoir aidé. La bonne nouvelle c'est que Joshua McKinney est hors de cause. Son frère également. C'est lui qui a sauvé Perlon, en le ramenant à la maison de santé de Saint-Étienne-de-Baïgorry. Par contre, on n'a désormais plus aucune trace de Sara Lopez Irazabal. Et *a priori*, c'est vous qui l'avez vue en dernier… Votre source… Ne pensez-vous pas en fait que ce soit Sara Lopez Irazabal ?

– Je me suis faite rouler dans la farine. Quelle conne.

– Oui et non. Disons que Sara a cherché à gagner du temps. Comme vous avez avancé vite, plus vite que nous, elle vous a contactée : ainsi elle maîtrisait un peu son timing pour se volatiliser le plus rapidement possible. C'est évidemment elle qui a fait chanter ses clients. Elle s'est vengée plus qu'elle ne voulait percevoir l'argent. On a pu bloquer les comptes bancaires. Elle se servait des identités de Nahïa et d'Aitor.

– J'aurais dû m'en douter putain. Les valises, le gars Imanol, ce devait être Gorka. Quelle plaie je fais. Ils m'ont foutu la trouille faut dire.

– Vous avez pris de sacrés risques, vous êtes une tête brûlée. On pourrait vous condamner, rien que pour nous avoir caché des faits et des preuves durant plusieurs jours pendant une enquête en cours. Mais on aurait l'air bien con de le faire. Sans vous, je ne sais pas où on en serait, il faut l'avouer.

– Merci.

– Autre chose : j'avais comme un soupçon, et j'ai eu raison. Au départ, c'est notre fameux et ambitieux Jérôme Crival, qui a soufflé à Sara ce petit manège du maître chanteur. Qui a été élaboré bien avant que ne parvienne le drame. Ils allaient faire chanter tranquillement le vieux bonhomme de la mairie. Sauf qu'après la mort de Nahïa et la mise en scène macabre, Sara a accéléré le processus. Et l'a étendu à ses propres clients, y compris Crival, pris à son propre piège. Depuis un peu plus de deux ans, Sara a pratiquement filmé au moins une fois chacun de ses clients. Avec une mini caméra espion HD. Notre ami Crival va être inquiété. Et quitter la mairie après démission. Quant à Sara et Gorka, ils vont être recherchés activement.

18

Pierre Perlon s'était réveillé tout naturellement. Souffrant, mais heureux de pouvoir ouvrir les yeux et regarder le monde bouger. Les médecins étaient sereins sur la suite ; il faudrait un temps de rééducation, mais il pourrait recourir et respirer comme tout le monde.

Après sa famille, c'est Joshua McKinney qui fut sa première visite. Les deux hommes discutèrent longuement sur leur aventure commune avec Sara. Une femme à hommes. Une mante religieuse. Joshua était effondré. Lui qui avait tant espéré de cette relation. Depuis son smartphone, il fit écouter un refrain à Perlon.

Ecoute ça *coach*. Joshua enclencha la musique de Bob Dylan.

Sara, Sara

Whatever made you want to change your mind

(Pourquoi est-ce que tu as changé d'attitude ?)
Sara, Sara
So easy to look at, so hard to define.
(Si simple à regarder, si difficile à cerner)

Les deux hommes échangèrent un sourire de compassion. La porte de la chambre s'ouvrit. Dans l'encadrement, Mélissa Marchand. Joshua lui offrit un large sourire. Il se leva.

– Je vous laisse. Merci *coach*, merci Mélissa. On se voit bientôt.

– La bise à ton frère Joshua. Je crois savoir qu'il ne peut plus s'asseoir pour l'instant.

Eclats de rire. Le jeune homme sortit sur un dernier salut de la main.

Mélissa s'approcha à pas feutrés du lit de Pierre Perlon. Les deux êtres s'observèrent plusieurs secondes sans se parler. Les deux visages furent fendus d'un sourire en même temps.

– Je… Pardon pour… Enfin.

La demoiselle ne savait comment commencer.

– Je suis désolé, Mélissa, vraiment. Cette histoire avec Sara, c'était n'importe quoi.

– Je n'aurais pas dû vous, te, parler comme ça.

– On se tutoie ?

– Oui, Pierre, oui.

– Asseyez, enfin, assieds-toi.

La belle tira une chaise à côté du lit.

– On repart à zéro, on oublie ça. Tu sors quand ?

– Je pense que je vais rester encore une bonne semaine ici. Et je me disais que prendre quelques mois de repos du côté du Bassin d'Arcachon, ça pourrait être pas mal. Si tu peux m'aider à trouver une maison…

Mélissa prit un air malicieux.

– Et que j'habite avec toi ?

Ils se mirent à rire.

– Arrête, ça me fait mal quand je rigole ! Mais pourquoi pas en fait. Une coloc entre potes. Et tu peux demander à tous tes petits copains de l'autre soir au bar de venir !

– Oh le jaloux…

– J'ai du souci à me faire avec tous ces jeunes beaux gosses qui te tournent autour.

– Ils n'ont pas ta force, ton charisme, ton regard…

Perlon était touché par ces mots. Il avait du mal à retenir son émotion. Il lui adressa un sourire plein de tendresse.

– Tu es magnifique Mélissa, une reine.

La jeune femme approcha sa main de celle du *coach*. Leurs doigts s'enlacèrent. Elle se leva tout doucement, se penchant pour approcher son visage du sien.

La porte de la chambre s'ouvrit d'un coup. Une dame bien en chair entra en criant « repas m'sieur Perlon », un plateau dans les mains. Mélissa recula. Ils se regardèrent gênés.

– Bon appétit Pierre. On se revoit bientôt.

– Très, bientôt, oui. Mon cœur bat plus vite quand je te vois. J'ai une nouvelle vie à commencer. J'aimerais que tu en sois le soleil.

La femme en blouse était bouche-bée. Elle regarda la journaliste, rouge écarlate, qui ne dit pas un mot, se contentant d'un large sourire. Mélissa ferma la porte en douceur.

***

Le lendemain matin, au journal.

– Marchand ?
– Oui.
– Vous avez du courrier. Il est sur votre bureau.

Une lettre avec les contours rouge et bleu, estampillée « by air mail ».

À l'intérieur, une carte postale.

Côté photo, un oiseau sur fond de montagne et de végétation luxuriante.

Au verso, la légende « Parque nacional Amboro », Santa Cruz de la Sierra, Bolivia

Puis écrit à la main.

Libertad.

Sara, Gorka y Angel.

Merci à mes trois amours, ma femme Lulu et nos enfants William et Victoria. Merci à ma « mumm » Érika. Merci à mes amis relecteurs, Nico, Richard, Stéph. Aux bons conseils de légistes, policiers, journalistes. Ils se reconnaîtront.

Merci à Ihintza Aldana pour la traduction du panneau basque de la vallée des Aldudes.

Merci aux chaleureuses personnes des éditions Cairn pour leur patience et leur disponibilité.

Dans la collection

Alarme en Béarn, Thomas Aden, 2013
Ultime dédicace, Thomas Aden, 2014
Euskal barbecue, Aitor Behro, 2017
J'aurai ta Pau, Cesare Battisti, 2015
Le 9 bordelais était chargé, Éric Becquet, 2015
Sans homicide fixe, Thierry Benoît, 2017
Notre père qui êtes odieux, Violaine Bérot, 2014
Jeux de dames, Philippe Beutin, 2016
Quand passent les chocards, Michel Brome-Tonne, 2017
Riquet m'a tuer, Yves Carchon, 2017
De la blanche sur le Somport, Claude Casteran, 2014
Y a plus d'enfants !, Jean-Jacques Cripia, 2017
Mandrake ne peut pas mourir, Daniel Contel, 2017
Ville rose sang, Stéphane Furlan, 2014
Sans jeu ni maître, Stéphane Furlan, 2015
Implantés, Stéphane Furlan, 2017
Coup tordu à Sokoburu, Jacques Garay, 2013
Trou noir à Chantaco, Jacques Garay, 2013
Estocade sanglante, Jacques Garay, 2014

Requiem à Donibane, Jacques Garay, 2015
Estouffade à Guéthary, Jacques Garay, 2016
Ras la coquille en Amikuze, Jacques Garay, 2017
Abattez les grands arbres, Christophe Guillaumot, 2015
Galeux, Bruno Jacquin, 2017
Croix blanche sur fond blanc, A. Léger/G.D. Noguès, 2017
Nous n'irons plus au bois, Philippe Lescarret, 2016
Coup de piolet, Juliette Manet, 2016
Balles perdues à Moliets, Maxbarteam, 2015
Palombes, tursan et sale ami, Maxbarteam, 2016
Ça flingue sur la Grande Boucle, Maxbarteam, 2017
Du pin et des larmes, Philippe Mediavilla, 2016
Toutes taxes comprises, Patrick Nieto, 2016
De chair et d'oubli, Karline Nivet & Pascal Suhard, 2015
Gaz in Marciac, G.D. Noguès, 2014
Pas d'orchidées pour Miss Armagnac, G.D. Noguès, 2016
Mourir à la San Fermín, Alejandro Pedregosa, 2015
Les gens bons bâillonnés, Jean-Christophe Pinpin, 2014
L'assassin était en rouge et blanc, Poms, 2014
Chemin de croix, Poms, 2017
Le sang de la forêt, Serge Tachon, 2017
Un, deux, trois, sommeil!, Gilles Vincent, 2016

Mise en page et suivi de fabrication
Atelier Graphique Cairn
Achevé d'imprimer en novembre 2017
par GN Impressions (144245)
pour le compte des Éditions Cairn
29, rue Carrérot – 64000 Pau
Tél. : 05 59 27 45 61 Fax : 05 59 98 84 89
editions-cairn@wanadoo.fr – www.editions-cairn.fr
Dépôt légal : novembre 2017